U0110095

# 活著多好

## 金沙作品集・散文選

金沙｜著

# 序

老羊

今年（二〇〇六）春金沙先生出版了短篇小說集《渡》，現在，繼續出版散文集《活著多好》。

我曾為文讚美《渡》是深情的詩篇。

行將問世的《活著多好》，同樣充滿深情。

金沙是詩人，他的小說如詩。他的散文更是詩。

他說過：「詩人是可愛的，是有激情和人道精神的，是胸懷開朗而視界深遠的，是疾惡如仇的，更是友好互助的。」（〈六月談詩〉，二〇〇一年五月三十日《湄南河》副刊）

正是這種令人欣羨的詩人胸懷，詩人的激情，金沙筆下的散文，文句如詩，意蘊雋永，激烈處令人熱血沸騰，哀傷處催人淚下。

這樣的詩人清純質素，怎教他不特別熱愛春天。翻開這本集子，你可以欣賞到春天的旖旎，春天的醒人氣息。你於是領會到作者對春的眷愛是對人間的眷愛，是對人生的希望，對現生活的執著。

他歌唱春的腳步：「明天的希望非常光明／到了明天／昨日變為美麗的回憶／願明天的光明更美麗／讓昨日的回憶更有意義……」（〈春的腳步〉）

在〈春天何處是〉中，作者寫：「曼谷當下，春靠想像得來。而春的意境，應超於季候，在乎於心，無處不在；美好的時光是春天。既如此，便別辜負了她，『春宵一刻值千金』啊！」在〈秋天裡的春天——「美哉昆明，爽適無倫！」〉，在〈春城秋心〉，在〈惱人多是艷陽時〉，等等篇章，都可以觀賞到作者彩筆繪出的春的旖旎，受到春意勃發的鼓舞。

金沙對家鄉雲南，有如兒子依戀慈母一樣無時不魂牽夢縈，這集子中好幾篇散文都跟雲南有關，既敘事，又抒情，談現象，又談歷史典故，讀之如親臨其境，韻味無窮。

金沙在〈醉翁之意〉中，把散文與醇酒並論，並說：「以散文比醇酒，當然是意境的比喻。」於是引伸：

人，也許可以在某些方面把生活「散文化」，讓生命化為「散文」。蓋散文少有羈絆，輕鬆瀟灑，無牽無掛，可以任意「出位」，近於「雲無心以出岫」的境界，如優閒漫步於綠茵草場。

你欣賞了本集中的散文，我想必會欣然首肯金沙見解的深刻。他是詩人，他的小說富於詩情畫意，他的散文更是詩情洋溢。你也許喜歡酒，那麼，你對於他所持的「散文是酒」

的論點，會投讚成票吧！可在〈醉翁之意〉的文末，自稱「醉翁」的他，卻又瀟灑地說道：「醉翁之意不在酒」，在乎「散文」之間。這一轉，何其妙哉！何其耐人尋味。

明白了他何以自稱「醉翁」及其「醉翁之意」後，讀各篇散文，自然能更細品出他釀製的玉液瓊漿的色味香。

出自對家鄉的懷念與愛戀，金沙的幾篇有關雲南地方風光、人與事的篇章，其中有些深具文史研究價值，如〈「妙香國」談〉，〈去請孟獲〉，尤其是〈去請孟獲〉。

《三國演義》中孔明七擒孟獲的故事，家喻戶曉，甚至把它作為歷史看待。我想除了少數研究中國古代歷史，尤其深入研究雲南歷史的專家之外，大多數人都不曾去懷疑過七擒孟獲故事的真實性，金沙鑽研史書，發現孔明與孟獲的關係及際遇，不但不是小說中所述情況，而是完全不同。史書載的是，孔明不曾擒孟獲，別說七擒，一擒也未有。

三國演義中孔明之「深入不毛」與「七擒孟獲」，輕易使人連想到，諸葛亮五月渡瀘所去之南中（雲南）全是蠻荒山瘴之區，而孟獲則是無能之笨蛋。事實並非如此，且孔明在事前已大致掌握南中之地理及人事情況，有備而去。……孔明渡過瀘水在姚州住下後，選了幾個能言善辯的幕僚，備了禮物，派一隊精兵護送前往昆明。孔明慎重地說了一聲：去請孟獲。孔明設宴招待孟獲，暢談天下形勢，孟獲所言，甚得孔明佩服。

孟獲是請來的，不是擒來的，孟獲更不是野人，不是笨蛋，他暢談天下形勢，令孔明敬佩。記得〈去請孟獲〉發表後，我讀之大為感奮，並曾建議金沙把這個史料寫成小說，我認為寫出來必十分吸引讀者，使人耳目一新。

後來知道，金沙多年來一直有要寫《孟獲傳》的打算，並且收集了不少資料。他一直不忘自己是雲南建水縣城中「進士第」的子弟，他懷念雲南的一草一木，為自己與孟獲同鄉而自傲。對於雲南的歷史，尤其對南詔後的大理國深有研究。他寫的〈「妙香國」談〉，收在本集中〈雞足山下風雨雪〉，收在《渡》中。此外，他還曾在泰華報章發表過多篇有關雲南歷史研究的文章。

多情的金沙，重親情，重友情。他說他多愁善感，常有憂思。其實，詩人、作家、藝術家就是多愁善感，不憂國憂民，不多愁善感又哪來的扣人心弦的華章？不過，我常常見到金沙心胸坦坦，豪邁樂觀的一面。上面提到的抒寫春天的如詩散文，可以見出。本集中的〈活著多好〉更是明證。因肺積水在醫院住了三夜，第四天出院：「自動門張開，我眼見晴朗的天空。及時在我腦中的意思是『活著多好！此後我將珍惜，分秒必爭。』」何其豪邁，何等鼓舞人的「分秒必爭」啊！

〈未完成的作品〉的最後幾句話，更可清晰地看到他鍥而不捨的樂觀精神：

當我看著枯乾的「紅葉」時，我突然醒悟，其實人生就只是「未完成的作品」，我寧願永遠生活在未完成的意念中，寧願人生永遠是「未完成的作品。」

走過了數十年漫長的文學創作道路，金沙近數年來，越高齡揮毫越勤奮，作品越閃光。金沙先生的創作泉源涓涓不息，我相信，本著「未完成的作品」的意志，他定會繼續釀出更多更醉人的佳釀。

# 目次

## 附錄

# 春的腳步

新年就快要到來的前幾天，人間世便增添了熱鬧，強烈的預告春天要到了。而春的腳步出乎人人的感覺，很快！很快很快。

猶憶於少不更事讀私塾時，老師在講：「天有腳乎？」答：「有」；再問：「何以知之？」曰：「天步艱難，故其有腳。」

才一晃眼，幾十年的光陰飛逝，春的腳步是如此之快，雖然沒有見到，但卻深深的感覺到。而春的氣息、春的意思乃至春的來去，在在攪起心底的漣漪，你再心如止水，春仍吹過平靜的水面，告知「我來了！但也許很快便要告別。」即使你沒有理睬她，她卻理睬你了。春不會給你壓力，不會增加你的憂慮，也許會帶給你些許煩惱，如果你的心還年輕的話……

翻開《中國歷代詩選》想找點古人心中的春的氣息。但，傷感的多，啟發心智的真、善、美的感情也十分令人喜悅，有所獲益。遼詩中有一首吳激寫的〈早春〉，前五言四句是：

寂寂重寂寂，出門春草齊。
晚芳猶著樹，江漲欲平溪。

這雖是一千四百多年前的場景，但一片春的氣息、春天味道和形跡，你依然感覺得出來。只不過「寂寂重寂寂」是詩人自己的內心反應，他在詩句中把自己的心態毫不掩飾的抖了出來。蓋身為宋代畫家及名詩人的吳激係從宋奉使至金，金以吳激名聲響亮，不讓遣返，命為翰林持制。必然，具有敏銳感情的詩人被迫謫身異國，當早春的腳步到來時，出門春草齊之景象，使他備感孤獨和寂寞，寂寂重寂寂，當然是感慨的濃墨重彩，早春激情。

在微笑的泰國，在佛寺林立而雪白或金色的塔尖鑽入青雲的佛邦，在湄南河畔，也處處是春的氣息，特別是在方塊字的系念中，春總是在你還來不及歡迎，還沒有什麼準備時悄悄的走進你心中；她始終具有鼓舞的力量，能挑起你生命的火燄，你不但無法抖落幾乎是與生俱來的春之喜悅，而且所見所聞所思都是春天的舞動與氣息。是的，幾十年來我的情感一直好像被她拉著，徐徐飛舞和走動。陽春有腳，無論你歡迎與否，她都毫無遲疑的闖入人間世，闖入你的情懷，生根發芽而從眉目和筆墨中冒出來。

新年也好，春節也好，此之前我總蓋不緊自己思想的瓶蓋，思想之絲絲縷縷像關不住的春光時時外洩，連夢也非常忙碌。

是的，春到來之前，就曾為許多有意思的瑣碎忙錄。記得在一些賀年卡中，我曾寫下心中祝福，一些互相砥礪的詞句，其中我還記得的是：

明天的希望非常光明
到了明天
昨日變為美麗的回憶
願明天的光明更亮麗
讓昨日的回憶更有意義
擁抱當下
享受現在
咀嚼今天
讓生命旅程快樂平靜
凡福祿皆有淵源

春來了，春的腳步很快，也很快就將離你而去，切莫躑躅，好好的感受她、擁抱她，享受她和咀嚼她……

（二〇〇六年二月二日）

# 天亮前後

從天還不亮到早晨六點多鐘，侖披尼公園（是樂園）是蟬鳴和鳥語合奏曲的天籟世界。大約六點半鐘時分，公園路燈熄滅，這時一片蟬聲迅速相繼停鳴，鳥語也逐漸稀疏，以致被晨運者們的腳步聲、談話聲和許多種運動的樂器音響掩蓋於無形……

我經常在天亮前到是樂園，蟬聲使我恍若身在深山。這時我總找個坐處，閉眼聽賞，其間不免憶起往事，但因天亮來得快，往往令人有好景不常之感，好在對此種變化習以為常，故淡然處之，但有些時候竟興起一種有感於人的靈性之消失與麻木，頓覺悽惋。

花在這塊幾乎是「名副其實」樂園的時間每早近兩小時，數十年如一日近些時來我是坐的時間多而動的時間少。選擇了一個有靠背的椅子，我就坐下來閉目養神，形式上是閉目靜坐，但半點「入定」的意思都沒有，腦海中總是起伏波動，想這想那。

總之，我的腦海不曾停止掀翻，歷來難以平靜，因此我常從記憶中找出朱自清的話來暫時安慰自己，「但得夕陽無限好，何須惆悵近黃昏。」然而，此話離解脫太遠了，遠不如陶淵明的「縱浪大化中，不喜亦不懼……」

我到是樂園走動，歷史已久，從二十多歲到現在，總歸是去的日子多，不去的日子少，主要的原因說是住家離此樂園不遠，安步當車，十多分鐘便身入其境，何況這裡可暫時遠離囂塵。

恰好就在十年前，我曾參與若干坐在麻堪樹下的老人談論古今。但漸漸地，他們不知哪兒去了？因而近兩年來我習慣了獨自懷想。的的確確，許多許多時，我竟愴然而淚下，幾乎沒有甚麼具體的原因，淚水輕彈；例如自己早經身為泰籍華人，小孩當三歲時就會對一句「你是什麼人」的問句很坦然和天真的答道：「泰國人中國人。」這句答話我一直非常欣賞，說這句話的孩子現今已領文學碩士學位，因選習中國語文的關係，兩度進入北京大學鑽研，認真或走馬觀花的看了不少中文書；在她的頭腦中，泰中兩種文化在交匯，而漢文的重負使她認識到中國文化的博大精深，窮畢生心力也看不到盡頭。我內心在想，她不愧是我的女兒……

我一直客觀的欣賞一個從幼稚園到大學受泰國教育的孩子陶醉在另一種文化深淵裡的勇往直前，對方塊字書籍的貪得無饜，回過頭來對她爸爸的書呆子氣和雜亂書樹與無限敬意。

我的這個「泰國人中國人」的孩子，目前已深深認識到，乃父只能是一個難以變通的中國人……。我因此曾和她半開玩地說：「你是泰國人中國人」，爸爸是「中國人泰國人」。孩子知道乃父懷有既深且重的中國情和中國心，故默然以對，所顯示的似乎是面對中國知識分子深不可測的肅然起敬。在這樣一個天倫之樂的書香境界中，在如此重要而有意義的剎那，我對她透露了一個其從所未知的「訊息」。我說：「爸爸的祖父，也就是你的曾祖父乃是一位進士。」正醉心於中華文化的孩子頓然驚詫，以嚴肅而帶無限敬仰之喜悅問：「爸為什麼不早說？」

我沒有答孩子的問題，但禁不住熱淚滿腮；我腦海裡出現的，是去國四十年後所見的老家，「進士」以及其他匾額均「負罪」早被消滅，致一個懷著「書香世第」心情流亡遠去的遊子登時悲泣。幸而這只是一時的動盪、激動和無知的悲劇過程，但損失之重，心靈上的傷痛永難醫治，所能致力的，只有休提往事……

在是樂園的晨曦中，我靜觀每早來運動，來散步，來飲茶談天的人群，似乎都無憂無慮，絕少愁眉苦臉：在練各種氣功的人群中，他們歡快輕鬆，認真進退，醉心於該做的情況之中。我曾一再的觀看和欣賞，乃至有些羨慕身體尚無遲鈍之感而活著的人群。大致除非他們家中有老父老母，多半都還不會在腦海裡有夕陽的陰影。而每想到夕陽，我多半會以尼采在〈老人之喜樂〉一文中的話來自我安慰，他寫道：「老之喜樂近乎思想者與藝術家，將其較好的自我寄寓於其作品中，漸見自己的體力與精神之消損，與時俱頹。也感到一種惡意底快樂，正像他在角落裡覷見賊在竊開他的錢櫃，而他自己明知道其中沒有什麼，一切財寶皆寄存妥當了。」

我目前的心得是，必須設法自得其樂，盡可能去發掘和觀賞別人的乃至自己的優點，而在落日餘暉時保持自信，以感激之心愛這個自然和人類，使情有所寄。

（一九九九年九月卅日）

# 仁者壽——祝李拂一先生百零六嵩壽

攤開稿子提起筆，心情如此愉快，愉快到有點急迫感。因為要寫的人物是一百零六歲的李拂一先生，免不了的，內容必涉及與長壽有關的人和事的問題。先說筆者自己是一九二二年出生，算起來比李拂一先生小廿一歲；李拂一先生今仍勤於整理舊作，而我這樣的「小子」卻已相當懶惰，許多時候，想瀟灑也瀟灑不起來。當前我認識好幾位年紀與鄙人不相上下的女士先生們，都比我樂觀瀟灑；我常從這些朋友們身上尋找健康之道和享受人生的良法。

前此不久，接到一冊由台北海運寄來的《雲南文獻》第卅四期。未打開包裝，先欣賞拂老百零六歲壽翁端正有力、認真的墨寶。驀然之間，我感覺到和自己一般瘦小的李拂一先生很高大的出現在眼前。這一步想，人瑞的記憶與幽默使人佩服，五體投地。我的住址「是隆康灣披博二巷」，康灣有間佔地很廣，包括天主堂在內的修道院。拂老多年前來過，此番壽星寫的「曼谷是隆修道院路琵琶二巷三十三之十九號」，當看到修道院路瑟琶二巷這個路和巷之有意義，和準確時，油然為之發笑，由衷佩服敬仰。當然正面還有清楚的英文住址。凡事由小見大，李拂一壽星就是一生謹小慎微的人。

在去年寫的〈一生那有真閒日〉拙文中，我曾透露：拂老與筆者相識達六十年，算是忘年交也可以、是前輩器重自己也行。而數十年魚雁來往不絕，且時有其著作或其他好書贈餘。因此之故，此番要透露點拂老虛心謙遜的做人風格；二〇〇〇年初，拂老來信中有這樣一段：

……去年十一月十三日，弟九十九歲，此間同鄉會為做百歲紀念，日期定在十四日，九十九歲多一天算為百歲。弟對於生日，一向平淡以度。九十歲時，同鄉會總幹事準備至日邀同鄉祝壽，弟乃先期避往曼谷。此次同鄉會一定要舉行，幾位老鄉賢一再為言，不便過事違拗，乃要求勿設壽堂，不收賀儀……

近期收到的《雲南文獻》卅四期中，有多幀拂老參加同鄉活動的照片，以放大鏡細心瞻仰，拂老依然神采奕奕，一派學者風範。按拂老著作極豐，早被尊為傣學研究先驅，在世界民族研究論壇享有極高聲譽，渠去年予余信中，尚稱：

……仍照常秉筆清償文債。……自己訂下來的還有近廿件，包括《寮史紀年》、《思茅舊事》、《西雙版納方物談》、《議政點滴》及《河曲答問》等，有寫了三分之二的有寫了一半的，有寫了三分之一的，看來也是不了緣。

百零五、百零六歲的拂一先生尚且秉筆不停，神采奕奕，這是給所有「古稀」或「耄耋」者之一大鼓舞，我自己一想到愈來愈貪懶的情形，便覺得慚愧，同時頓生振作之心。而近些年來便是見書必翻，但「一目十行」，只求看個大要，也算一樂；將拂一先生的著作、信函以及老者所贈書籍陳設於眼前，「我思故我在」，是鼓勵也是鞭策。真的是「人生那有真閒日。」

人人都知道的一句話是：「活到老學到老」；學什麼呢？答案是學做人。而生為一個人，以中國傳統的人生哲學來說，儒家的「仁」（忠恕）即最高的人格是也。而「仁」的這個人格標準，透過長期修養，習以為常，致伸延到壽歲。所謂「仁者壽」，即人格與生命的相連。台北段榮昌者頌李拂一先生〈仁者壽〉文中說：

> 凡是一生立德行仁者，都獲享高年。吾人隨便舉任何一位壽翁壽婆，觀其一生歷史，都是仁德之人。他們一生言行，從不傷害人，無人恨他們，所以一生不遭橫禍；他們一生專做好事。澤被人間。故受人敬愛，因之仁者壽也。

固然余未曾直接向拂一先生詢及養生之道，但從其言談舉止、書信往來及著作精神中已獲益不淺。壽翁的形象就那麼一表斯文，從不發怒，不與人爭，講話慢條斯理，手不釋卷。單憑這樣的修養，就已是一般所難修持的了。何況先生不貪名利，生活簡樸，事事為別人著想。長壽之道，似乎非常簡單；但這簡單卻不易為，淡泊寧靜的人生，似乎非人人所能做到。

拂老五年前慶百歲生日時，曾由雲南同鄉學者申慶璧先生撰《李鄉長拂一先生期頤壽序》，謹摘錄開頭一段以供讀者參考。

吾滇雄踞雲貴高原，天高卿雲爛，地厚物華新，一時有四季之象，一地聚八方之珍；位雖處國家西陲，而遇國家急難，遂轉為民前鋒。洪憲變政，首揚護國起義之大旗，抗日殲敵，贏獲越南受降之榮光，其最顯著也。究其致此之因，蓋由於我滇傑出之士，鐘地之靈，惟純厚堅毅，勇為人之所不敢為；有廣闊胸懷，容人之所不能容；慣登高望遠，智言人之所不敢言，旅台鄉長李拂一先生，其典範也。

筆者有幸結識拂一先生，且多次與談天下古今大事，時獲贈以書籍（包括一部線裝廿四史、雲南備征志、南詔野史、蠻書校注、明清雲南士司通纂、木氏土司與麗江、南詔大理國史、唐代南詔與李唐關係、華陽國誌校注等）。如果我能好好的鑽研、應該已有所成。但勞碌於生計，又多對小說和散文有所愛好，結果一無成就，真是汗顏之至，萬分對不起長輩。

現居泰國鄉長，已耄耄之年者不少，無不識李拂一先生其人。此間泰國雲南會館組建之前，拂一先生即曾與馬子厚等鄉長時有磋商；一九六六年雲南會館籌備及開館時，拂一先生亦多參與策劃。是以百零六歲之李拂一先生對泰國雲南會館之成立，實乃有功之人。望今後記述同鄉史事者，切莫忘焉！

（二〇〇五年十月廿九日）

# 春天何處是

隨春天而來的，當不只是新的希望，就只這個訊息，已足令人「心意盎然」。怎麼不？美麗和新生、快樂與歡笑都不請自來了。可是春天在哪裡，怎麼感覺出來？也許得來全不費工夫，又或許要用點心思，才得以身在春天裡。

處於亞熱帶，泰國只有熱季、雨季和實際僅只於象征性的寒季。泰國語中，有帶著詩意的「葉發」和「葉落」的時令，然而「春」和「秋」的意識是翻譯來的，而「葉發」與春的景象並不盡同；「葉發」季節固然有「春」的氣息，但不是春的景色；「葉落」季節則少有肅殺之氣。似乎「葉發」、「葉落」比「春」和「秋」更形象、更生動，不稀罕春是個什麼景象、什麼氣息？

要感覺到春的味道和影子，似乎容易也並不容易，或許須具有點詩人的銳敏與智慧，方能感覺甚至想像出來，否則她將與你失之交臂，或「見面不相識」。即使在天寒地凍的北國，春天開始降臨白茫茫的大地時，也只有銳敏的觸覺，驟然間與春碰撞。有一首據說是來自一位尼姑的頓悟即興，它是：「到處尋春春不見，芒鞋踏破嶺頭雪；歸來偶拈梅花嗅，春在枝頭已十分。」

不單只春來時一時捉摸不到，春去時也近乎飄然而去，忙碌中人會不知不覺，不知「春歸何處？」春黃庭堅有一闋〈清平樂〉詞寫道：「春歸何處？寂寞無行路！若有人知春去處，喚取歸來同住。春無蹤跡誰知？除非問取黃鸝，百囀無人能解，因風飛過薔薇。」

除了曾去過春夏秋冬四季分明地區的亞熱帶人士，頗難想像不出他們對春的氣息的感覺究竟是什麼味道？何況亞熱帶得天獨厚，大地不會缺少綠樹，也整年能見各色鮮花。因而他們或許可能對春天的到來那麼歡喜的人，會感到「羨慕」或難以理解。最近北京電台播送一個類乎「初到北京的外國人有什麼驚奇」的節目，有位泰國小姐答得非常有意思，說：「初到便被道旁排排無葉枯樹吸引，如在泰國已被清除。不幾日，所見那些樹又都抽綠長葉，像變魔術一般！」這說明像四季分明類如北京的景象，在一個生長於亞熱帶地區的人眼中，變化非常大。而春天的到來，卻又是在嚴寒之後，故特別顯得「可喜可賀」。從一位泰國小姐乍見「春到枝頭」的敏感，可以想見「春天」這個足以令人心花怒放、帶來新生和無限歡欣的訊息，在亞熱帶就並不致那麼「關鍵」，因春夏秋冬並不明顯的亞熱帶常年綠葉滿枝，寒季前的葉落時節也僅止於輕描淡寫；再是常年鮮花爭艷，故並不在乎春與秋，也不在乎梅花杏花，桃紅柳綠……

有趣的是，實際情形好像並非如筆者這麼刻板，至少從華人華裔一般語氣中，「春天」這個字眼的生命力並不受地理的限制，照樣鮮活，照樣鼓舞人心，在方塊字的華章中，更不用說了。筆者一直有這麼個想法，無論身在什麼國度，何種季候，似乎都影響和改變不了中國人心理上春的重要及喜悅之情，無論出之於口或形之於書，總都理直氣壯的「春到人間」。但究竟春到了沒有？並不重要，有這個意思也就是了，亦如「心靜自然涼」樣。春節一到，人人只認農曆，「一年之計在於春」，大紅對聯一貼，「又是一年楊柳綠，依然十里杏花村」，有柳無柳，有杏花無杏花，並不緊要，自己樂自己的，穿起華服，處處春宴，當然春到人間。何況在「報章」上你一詩我一文，來個百花齊放，春天自然就更加飽滿和真有其事了。應賦打油詩一首以壯自圓其說，無論正理歪理，曰：「天熱似夏不見春，西跑東奔汗濕衫；處處金結大吉利，春在其間已百分！」

春天既到，迎唄！（說「迎唄」似乎便更覺身在春的氣氛中了，不亦樂乎！）有必要學一學詩人的豐富想像，此時當更能夠使「思春」的頭腦加倍靈活，比說：「春天如美夢，春天如他鄉遇故知，春天似騰雲駕霧，春天彷彿戀愛，腳步節奏輕快」，什麼什麼，都可憑神來之思演化出來。真好！輕鬆了！自由了，也快活極了！

曼谷當下，春靠想像得來。而春的意境，應超乎季候，存乎於心，無處不在；美好的時光是春天，健康的時光是春天，心情愉快的時間是春天。

既如此，便別辜負了她，「春宵一刻值千金」啊！

（二〇〇三年三月十四日）

# 不知從何說起——郎靜山季羨林並肩坐兩小時無語

兩位大名鼎鼎的中國人在曼谷相見，三度聚在一起，其中一次並肩坐在一起達兩小時，始終沒有講話。一位是九年前一百零四歲逝世的朗靜山先生，另一位是歲逾九旬的季羨林教授；前者是攝影大師、中國第一個攝影記者，來自台北；後者是有「中國東方學奠基人」之稱的北大東方學系創始者。有人說當前中國兩大學者是北季南饒，指的正是饒宗頤和季羨林。

九四年三月間，泰國崇聖大學開幕時，郎靜山先生和季羨林教授都應邀前來觀禮，兩人既是崇聖大學歷史性開學典禮的貴賓，也是鄭午樓先生的貴賓。兩岸來的兩位名人初次在鄭午樓的宴會上見到。不知他倆是否同席，但從季羨林的一篇手稿中讀到：「實在是萬萬沒有想到的事情——在鄭午樓博士盛大的宴會上，有人給我介紹一位老先生：『這是台灣來的郎靜山先生。』『是誰？』『郎靜山。』『郎靜山？』我瞪大了眼睛，舌橋不能下，我一時說不出話來。」

猜想，兩人坐得近或遠，最多是微微點頭。季羨林先生的手稿中寫道：「『郎靜山』這個名字我是熟悉的，甚至是崇敬的。但這已經是六十多年前的事情了。我在清華大學念書的時候，有時候到圖書館去翻看新出版的雜誌，特別是畫報，常常在裡面看到一些攝影的傑作，署名就是郎靜山。

在六十多年的漫長的時期內，時移事遷，滄海桑田，各方面都有了天翻地覆的巨變。……中國已非復昔日之中國，上海亦非復昔日之上海。當年的畫報早已銷聲匿跡，郎靜山這個名字也消逝得無影無蹤了。我原以為他早已成為古人——不，我連「以為」也沒有「以為」，我壓根兒就沒有想到郎靜山。對我來說，他早已成為博物館中的人物，早已不存在了。

筆者無從想像季羨林先生寫這段文字時的心情，但作為遠謫泰國已有五十五年的我來說，的確是感慨萬千。而想像得到的是，季羨林見到郎靜山這位「古人」時，真的是「不知從何說起」？以至「舌橋不能下」。季羨林先生是散文高手，在本文中我不能盡錄其華章，是件遺憾的事。當然，更遺憾和耿耿於懷，悟不透的是，郎靜山先生對見到、而且就與他並肩而坐的季羨林沒有說過什麼，也沒有表示過甚麼。前面說的三度聚會，陳達瑜先生都在場，郎季並肩坐兩小時而無語的「夠人遐想與深思」之際，陳就坐在第二排郎季的後面。關於事後郎靜山根本沒提到季羨林一事，我曾認真的問過一直與郎靜山在一起的陳達瑜先生。其實，郎季碰在一起，並坐兩個小時而未曾講一句話的「新聞」，正是陳和我說的，季羨林的五頁複印稿子也是他給我的。我以為，這也是陳達瑜特別的地方，他能夠把這般足以教人感慨和遐想的事情埋藏在心裡；或許，他認為這種事情會像酒一般，愈放久，待打開來時，其味愈醇。總而言之，這是很有意思的事，也是非常有意思的人。而這也剛好是我最感興趣能縱筆發揮感慨的上上材料。

季羨林先生寫散文的功力與細膩，真教人佩服，當見到一個甲子前腦海中的名人時，他的出乎意外的情景是：

正像「天方夜譚」中那個漁父從海中撈出來了一個瓶子那樣，瓶口一打開，裡面驀地鑽出來了一個神燈。我現在見到的不是一個神燈而是一個活人；郎靜山驀地就站在我的面前……

面對這樣的情景，季羨林先生真的是一時不知從何說起嗎？通常情形下，問候寒暄兩句總是不難的。是有什麼顧慮嗎？想來季羨林是不至於的，就在一九九二年，季羨林不是就非常勇敢的寫好一本《牛棚雜憶》嗎？在該書的〈緣起〉中，其最後有這樣幾句：「……經過了所謂『文化大革命』煉獄洗禮，『曾經滄海難為水』，我現在什麼都不怕。……」

季羨林當然沒有任何顧慮，說有什麼顧慮，簡直是對他非常失敬。季羨林自己是這樣寫當時的情況的：「……要想談話，樓博士把我倆介紹給國王陛下。……站的時間並不太短。只見他安然，怡然，泰然，坦然，沒有一點疲倦的神色。」

拜讀季羨林先生寫郎老的安然，怡然，泰然和坦然時，我終於摸索到一點郎靜山半天「一言不發」的必然。他時年一百零四歲，心平氣和的，要是沒人理他，他定是照他的習慣靜在那兒；他不致會關心坐在他旁邊的是什麼人，也當然說不上有什麼顧慮，他一定什麼想法都未發生。這時若是有任何人與他搭訕，他一定會從容應對，但一言不發的他，可能根本沒想到有什麼不對。因此之故，事後如果沒有人問他什麼，他自然也是沒有什麼要說，沒有什麼要表示，他就只是安然，怡然，泰然和坦然。而這，也許就是他能活到一百零四歲的重要原因。

季羨林教授完全出乎意料的，與他六十年前就已聞名、就已仰慕的郎靜山並肩坐在一起，想說話而不知從何說起，而終於不開口，也是合情合理的。他在〈郎靜山先生〉一文中寫道：「在一般情況下，我本來已經有資格來倚老賣老了。然而在郎老面前，他大我二十一歲，是我的父輩，我怎麼還敢倚賣呢？……」

筆者以為，除此之外，中國知識分子還有一種自尊，在未經正式介紹的情況下，往往是不願先開口的，甚至在如果對方態度冷漠的情形下，即使開口說話，也會立即「收兵」的。而季羨林一開始就知道「這是台灣來的郎靜山先生」，像他這樣的有崇高地位的學者，要先開始搭訕，實也比較困難。在我想來，他畢竟蹲過「牛棚」，在他已八十三歲的當時，雖九二年就已寫成《牛棚雜憶》（九八年出版），即使多麼激情，似乎也不會改變不先開口的自尊的。因此之故，季的不開口，與郎的「一言不發」一樣的可愛，一樣的值得敬仰和尊重。則季羨林之於事後寫下談〈郎靜山先生〉的華章，句句心頭話，尤其可愛。而其中，寫他倆所穿的衣服的段節，亦非常有趣。他寫道：「最引起我的興趣的是他的衣著。他仍然穿著長衫。……在解放前，長衫長流行的，它幾乎成了知識分子的象征，孔乙己先生身上穿的就是代表他的身份的長衫。我看了長衫，心中大感欣慰。我身上這一套中山裝，久為風華正茂的青年男女士們所諷刺。我表面上置若罔聞，由於某種心理作用，我死不悔改，但心中未必也有點嘀咕。中山裝同長衫比起來，還是超前一代的，如果真進博物館的話，它還要排在長衫的後面。然而久已絕跡於大陸的長衫，不意竟在曼谷見到。我身上這一套老骨董，似乎也並不那麼陳腐落後了。這一種意外的簡直像天外飛來的支援，使我衷心狂喜。」

我一直在錄季先生的文章，除其文采的動人令我處處受感動之外，是他筆下的真實。在《牛棚雜憶》一書的自序中，季老有一句話是「我決不說半句謊言。」這也就是我特別敬仰他的原因。

我寫這篇文章，非暗示有一條隔離著大陸與台灣的海峽，而是人與人之間有時候也不一定要說話；有許多情形下，似乎不說話比說話可愛，世上許多話，其實一點意思都沒有。因而，郎靜山先生與季羨林教授碰在一起，並肩而坐達兩個小時，不說一句話，是非常可愛的。由此我也想到，陳達瑜先生把這麼動人和有意思的事「關」在心裡不說，也是非常可愛的。根據這麼個原因，人間世有太多太多未為人知的事，永也發掘不完。

我唯一遺憾的是，季羨林在那次有很多時間可以與郎靜山講話而沒有講，時機稍縱即逝，郎老回到台北，不多久便駕鶴西歸了。的的確確是件憾事！如果他們傾談一番，那將是多麼有意義的事情。當然，前面已經說過，並肩呆坐兩小時而不說一句話，也許才是「佳話」；不僅是「佳話」，還是很高的學問。散文名家陳先澤先生就曾寫過一篇〈二子都不語〉，其最後一段曰：「孔門學問深奧的不多，惟有『無言』之說最有哲學甚至宗教意味，但讀過道德經的人，便明白儒家這一點原來是出自老子的。」從這境界來看，則郎季「二子都不語」，也還是令人心悅誠服。

（二〇〇三年九月四日）

# 秋天裡的春天——「美哉昆明，爽適無倫！」

泰航機起飛後，周善甫筆下的〈春城賦〉便在腦裡盤旋：「美哉昆明，爽適無倫！……四季無非豔陽；湖山莫不長春。……卅六品蘭蕙，七十二種山茶……」

細細品嘗了一餐午飯後不久，說：「到了！」

只兩個鐘點似乎就得以暫時卸下壓彎了腰的鄉愁，心中還不相信；問題太多了。與妻兒走出機場出口，即見到來接我的「麵包車」，入鄉隨俗，我腦筋還頗能適應，先問開車的：「該稱呼你什麼？」「小陳就好。」此時他忙著在應付手機。小陳的聲音：「兩萬就兩萬，你就代我拋出吧！……」

仲秋氣候，就像醉人的陽春三月一樣，立刻感覺已置身秋天裡的春天，的確爽適無倫。開車的小伙子似乎醉心於股票，我一路東張西望。因已「身在此山中」，一時也就來不及感慨，心想六十年前曾在這五華山下東奔西跑，此番已只想一路走馬看花。驟然間，前面車屁股上大有文章，寫著「別吻我，怕『修』……」，頗具創意，比曼谷見的「NO KISS！」多了一層「羞」的雙重意思，可圈可點。一晃眼，只見「的」（TAXI）後面均有塊不俗的牌子，上面寫的是「湖畔之夢」。我無意去猜它，只因此時自己就恍如在夢中，而人生如夢，湖畔之夢多少帶有文藝氣息，在向錢看的天地中，或者文藝本身也少不了鈔票氣味。

開車的小陳大致想起來坐在他旁邊的白頭翁原是本地人，也用不著問「客從何處來？」一時聰明起來，說道：「老伯，我順道繞一繞『金馬』、『碧雞』坊可好？」「太好了！我也正想到雞和馬。不！該說馬和雞才順理成章。」小陳笑了；他出乎意料白頭翁還這般瀟灑。

兩年前我曾在較遠的街頭看到過新建的這兩座牌坊，一是象征「東驤神揆，金馬吉祥」；一是「西翥靈儀，碧雞獻瑞」的圖像；但未看清楚字是從右至左，抑是自左而右。這次看清楚了，是照原來金馬碧雞，我竟因此覺得非常安心。稍後我還進一步獲悉：「金馬」是用廿四K純金鑄成，價值一百八十萬元人民幣；「碧雞」是採用高成色碧玉精工雕琢，而在碧雞肚內還放了四枚翡翠蛋，雞和蛋價值二百萬人民幣。這一馬一雞均於牌坊奠基當日分別埋於原址地下。經三個多月的施工，於一九九九年三月卅一日竣工落成。這兩座牌坊係於「文革」動亂期間（一九六六年）被視為「四舊」而遭破壞無遺。所謂舊的不去，新的不來；時隔卅三年，金馬碧雞根據歷史檔案，按原樣及尺寸重生，原地有五千二百多戶民房拆遷。當然，金馬、碧雞以及「忠愛」三坊之復活係時代的需要，乃是「世界園藝博覽會」配套項目之一。

「世博會」迎接新世紀的到來，新世紀到來之後，從世博園及其配套工程中不知貪污了多少錢的前雲南省長李家廷連兒子秘書一夥人，於事前毫無所知的到了北京機場，被捕了……

為訪民族村之便，翌日上午先到「大觀樓」徜徉了大半天。未到已被毀的唐繼堯先生（領導「再造共和」居首功的歷史人物）銅像之前，偶然想起東大陸主人（唐公）《乙己夏日偶成》一首言志詩來：「莫對青天喚奈何，掃開憂憤且狂歌：壯心百鍊鋤群醜，寶創雙飛碎眾魔。鑄造蒼生新模範，安排黃種舊山河；澄清事業尋常舉，歐亞風雲亦太和。」何等氣勢如虹！

真的是世事多變，滄海桑田。乾隆年間孫髯翁創作的大觀樓古今第一長聯，真乃大氣磅礴，「五百裡滇池奔來眼底」，立刻「披襟岸幘，喜茫茫空闊無邊」，又「數千年往事注到心頭」，更「把酒凌虛，嘆滾滾英雄誰在？」於是把漢、唐、宋、元，「偉烈豐功」，「都付與蒼煙落照」，「只贏得幾杵疏鐘，半江漁火，兩行秋雁，一枕清霜」；將千古帝王，全打入「斷碣殘碑」、「風鬟霧鬢」之中，「蘋天葦地」、「翠羽單霞」之下。縱橫古今，沉郁蒼涼，馳騁三迤之志，也盡得滇雲之風，吟千古絕唱。則繼堯先生之馬上英姿被毀於此，亦大可付之笑談中；引萁賡先生之詩曰：「放眼以觀塵世小，開襟一笑海天空。」如此而已……

在大觀樓長聯前，只見往來遊客，匆匆爭相攝影留念；導遊員口誦「五百裡滇池奔來眼底」，似乎很少有人知其所以然。真實的景象是一望無際的蓮葉，是一個遼闊的公園，既不見到五百裡滇池，也看不到四圍香稻。我想抖落鄉愁的念頭竟忘得一乾二淨。

中飯後，續往「民族村」參觀，在大門口買了門票，僱了村中交通車，要了一位導遊員。她穿的是白族裝。既是白族小姐，便先去「大理」吧。導遊員的國語怪怪的，我要她講雲南話，但她變不過來；問她懂明家話不？她反問什麼是明家話？接著她講「大理故事」，從細奴邏數到異牟尋。我問她這是白族祖先嗎？她答是過去大理國王的名字。我有點可憐她，告訴她，這是大理國之前的南詔王室名，是父子連名的彝族；大理國才是白族，從段思平數起。

這時我小女兒用泰語和我說：「老爸，您又不是導遊。」於是當機立斷，聽而不說，終於那頗知上進的導遊員說：「老伯，我並不是大理人呀！」我告訴她：「妳穿的是真的白族裝，也是一位盡職的好導遊。」……

彝族村中，麗江宣科從洞經演化來的「仙樂」在此有象征性的演出，五個人坐下來，茶及幾粒瓜子，小小的甜食，收費九十元。我一時為這種經營的方法難過，整個民族村，恐怕入不敷出。使我動心的，反而是站在彝族村外人造瀘沽湖畔聽到的歌聲，那劃破長空、撕裂寂寞的高亢女音，催我淚下，我站了好一陣，然後擦乾眼淚……

雲南有廿六個民族，民族村只有十三個村。似乎最大的要算傣、白、彝三個村了；大理的三塔照在像中足以亂真，而彝族的十月曆與虎崇拜的巨型石雕，比諸真彝人地區的圖騰更具規模。就整個雲南民族村而言，照我看來，如果不讓其中向錢看的「生意」滋長。在服務的質量方面提高，門票收高一點，靠口碑傳遞聲譽，恐怕更能招徠遊客。

春城物價便宜，故泰國遊客均滿載而歸。回到曼谷，頭腦中一直有驅不退的家鄉景象；以及日漸稀少的老友們說不完的往事，如煙的往事……

（二〇〇三年十一月六日）

# 春城秋心

有人說，滇中山水之「名」，且看孫髯翁長聯；滇中山水之「勝」，可見大觀一樓。其「名」之叛逆血性，其「勝」之古樸包容，是為昆明山水文化之兩大亮點。

在一個秋天裡的春天，我以四個鐘頭的時間在長聯前遐思。因了要談它，便得先抄一遍：

五百裡滇池奔來眼底披襟岸幘喜茫茫空闊無邊看東驤神駿西翥靈儀北走蜿蜒南翔縞素高人韻士何妨選勝登臨趁蟹嶼螺洲梳裹就風鬟霧鬢更蘋天葦地點綴些翠羽丹霞莫孤負四圍香稻萬頃晴沙九夏芙蓉三春楊柳

數千年往事注到心頭把酒凌虛嘆滾滾英雄誰在想漢習樓船唐標鐵柱宋揮玉斧元跨革囊偉烈豐功費盡移山心力儘珠簾畫棟卷不及暮雨朝雲便斷碣殘碑都付與蒼翠落照只贏得幾杵疏鐘半江漁火兩行秋雁一枕清霜

與此聯同具叛逆性兼包容性者，有岳陽樓竇垿之聯與黃鶴樓陳寶裕聯，兩人均雲南人氏。

前聯曰：

一樓何奇！杜少陵五言絕唱，范希文兩字關情，滕子京百廢俱興，呂純陽三過必醉。詩耶，儒耶，吏耶，仙耶，前不見古人，使我愴然涕下；

諸君試看：洞庭湖南極瀟湘，揚子江北通巫峽，巴陵山西來爽氣，岳州城東道岩疆，瀦者，流者，峙者，鎮者，此中有真意，問誰領會得來？

如此其跌宕縱橫，氣象萬千！

黃鶴樓陳聯是：

一枝筆挺起江漢間，到最上頭，放開肚皮，直吞將八百裡洞庭，九百裡雲夢；

千年事幻在滄桑裡，是真才人，自有眼界，那管他早去了黃鶴，遲來了青蓮。

論聯者言，唐代詩人崔顥〈黃鶴樓詩〉一出，技壓群雄，詩仙李白五十九歲登黃鶴樓，但見崔顥題詩，嘆曰「眼前有景道不得，崔顥題詩在上頭」。此後千年，才人學士無不知難而退，黃鶴樓上，即無佳作可讀。至清光緒年間，陳寶裕遊黃鶴樓，褎然舉首，撇下崔顥、李白，大書此聯，氣勢高遠，豪邁貫通。不凡啊！

有趣的是，自大觀樓長聯名揚四海後，各處仿聯、長聯紛傳。四川江津有長一八一二字聯出現，恐怕才真是第一長聯了。

清道光時，曾有雲貴總督阮芸台，改了孫髯翁的長聯，五百裡滇池奔來眼底之後，是憑欄向遠；下聯最後是「兩行鴻雁一片滄桑」。結果遭到嘲笑，說他：「軟煙袋（阮芸台）不通，蘿蔔韭菜蔥，擅改古人對，笑煞孫髯翁。」

而當民國年間，鴉片之毒氾濫中國，雲南尤甚，有人以此內容仿大觀樓長聯開了個玩笑。聯曰：

五百里琗泥賒來手裡價廉貨淨喜洋洋興起無窮看粵跨黑土楚重紅瓤黔尚青山滇崇白水估成辨色何妨清客閒評趁火旺爐燃煮就了魚泡蟹眼正更長夜永安排些雪藕冰桃莫辜負四梭響斗萬字香盤九節老槍三鑲玉嘴

數千金家產忘卻心頭癮發神疲嘆滾滾錢財何用想品類巴菰膏珍福壽種傳罌粟名號芙蓉橫枕開燈足盡平生樂事儘朝吹暮吸哪管他日烈風寒縱妻怨兒啼都裝做天聾地啞只剩下囚毛半抽肩膀兩行清涕一副枯骸（另有傳「一盞孤燈」者）

春城昆明，往往在時代的特殊情況下，便會有既幽默又具叛逆血性，仿大觀樓長聯的文章流傳。文革初期也有一聯，其上聯之開頭是：「幾百位幹部奔來昆明」，下聯開頭曰：「數個月往事注到心頭」。筆者簡略一點，少花些讀者寶貴時間。還是再談大觀樓人文景觀吧！

嘉慶年間有宋湘者，欲一總孫髯長聯筆意，書十四字聯如下：

千秋懷抱三杯酒；萬裡雲山一水樓。

縱觀此間楹聯，真乃山水文化大觀，故舒紹輿聯道：

群賢畢至樂無涯，有詩，有酒，有畫；老子於斯興不淺，此山，此水，此樓。

人在大觀景間徘徊，心往如煙往事中尋覓。春城依舊；四季如春不變，變的是經過「圍海造田「的愚蠢所留下的遺憾。據說此係當年雲南的一把手叫譚甫仁者（其人遇刺未獲善終）的「政績」，他動員人力把滇池填了一角造田；還打算將洱海也填一些；幸虧他死得早，否則遭殃的就不止滇池了。

譚甫仁填滇池造田之後，又曾出現仿大觀樓長聯之諷刺文，上下聯之首句是：

三萬畝良田奔來眼底；

數百萬景象涌到心頭。

一九九四年十月二日《四川經濟日報》載李霽宇一文中曾提到：「……今天讀來，叫人哭笑不得。然而，又何妨一談，品味荒唐歲月的多味人生……」

然而無論如何，此番在春城的秋天裡，遺憾的仍是見不到「五百里滇池奔來眼底」……

春城秋色依然美麗，遊子秋心尤其鬱悒。

（二〇〇三年十一月廿九日）

# 惱人多是艷陽時

乙酉季春月圓日（二〇〇五年四月廿三日），正是昆明艷陽惱人時，為排遣濃濃鄉愁我又到了春城，到了周善甫《春城賦》筆下「四季無非艷陽，湖山莫不長青」的昆明。

翠湖是春城最美麗的中心，「美景如畫，有口皆碑；豈離闤闠，即可掀翠湖之綠帳；只一旋踵便克攬螺峰之林幃，細柳拂波，愛綠雲之柔弱；繁櫻蔽天，惜紅雲之霏霏」。詩人勾畫出翠湖的位置與美不勝收的景致。更有勝者，一世紀前的翰林院編修袁嘉谷在寫景小詩中對這個醉人的翠湖吟道：「翠湖春柳雨絲絲，青到長枝又短枝，流水小橋堤上坐，惱人多是艷陽時。」

於是我選了翠湖邊緣坐南朝北一座建築物的十八樓與妻女住下，早晚鳥瞰翠湖及周圍的人文景觀；我在那兒沉思，在那兒感慨，也在那兒開懷談論古今，就在近在咫尺的「石屏會館」走馬轉閣樓上，應六十年前見過面的親戚之邀，享家鄉風味菜餚，同時談笑風生有講不完的話，那位林語堂級的幽默老太太一直令人笑口常開；美食變成談資與陪襯，歡笑才是難忘的彩虹。石屏乃是袁狀元的家鄉，在這所保存完好、古色古香的建築中。有對聯曰：「石為雲根會堂結綵；屏開畫本館閣增輝。」題款趙浩如補書袁嘉谷先生題石屏會館舊句。

一切都令異國遊子激動，一切都美麗而惱人，一切都如夢如幻，都依依難捨……

春城海拔二千多尺，自己又寄居在十八層樓上，有時會有喘的感覺，因氣候稍乾燥，致鼻孔中有血結成硬小塊。類乎在北京必然會發生的情形。因有前車之鑑，故能「處變不驚」，絕口不提，免得妻女緊張。畢竟已是耄耋之年，有拄杖老友建議，最好添根手杖以維平衡，跌倒不得。是，千萬不能摔倒，活著多麼美好！

朝暮憑窗眺望，可見舊時「東陸大學」、「忠烈祠」及「講武堂」、「圖書館」及今之「雲南大學」等人文景觀與深具歷史意義的典雅痕跡或令人無限遐思的一鱗半爪。也許我自己心中有「遠謫異國」之耿耿於懷，兩眼一直飽含淚水，我好像在折騰自己的情感，享受因所見所思之激情，盡力捕捉所能捕捉的無限點點滴滴。

路過「連雲會館」，昔日之「忠烈祠」，當年護國討袁陣亡者之牌位盡在其中，還有蔡鍔都督的半身銅像。與我同行者中深諳地方歷史來龍去脈的楊興仁老師侃侃而談：「蔡鍔銅像不知被移置何處？此忠烈祠即與日本的『靖國神社』相似，但絕不像其連甲級戰犯的牌位，也居然供奉其中；不可想像。再走又見一家名為『童話森林』的商店門邊，有『日本人與豬不許進入』字樣，頓令人想起昔時上海某國租界有『中國人與狗禁止入內』

之恥辱，當然兩者之環境和情況大相逕庭。」小女倩兮即刻以手機攝影，以供乃父舞文弄墨之用……

翠湖周圍，處處餐廳食肆，諸如「觀鷗亭」、「老知青」、「翠華園」以至「南詔食室」，招徠遊客，花樣百出，此區域雖價格較高，但比泰國便宜。對我來說，仍是豆花米線、燒餌塊最為可口，鱔魚或小鍋米線則失之交臂。在沃爾瑪超級市場，一眼見標「雲南十八怪」之盒子，其中係綠豆沙一類的甜點。腦裡儲藏的是十怪，而今添了八怪，其名曰：四季鮮花開放、草帽當鍋蓋、火車沒有汽車快、新娘要把墨鏡戴、糯米粑粑叫餌塊、牛奶做成扇子賣、土鍋通洞蒸雞賣、談情說愛以歌代、大理石頭當畫賣、三個螞蚱一蝶菜、過橋米線人人愛、竹筒做煙袋、娃娃出門男人帶、石頭生在雲天外、雞蛋用草拴著賣、星雲湖中魚分界及竹筒代鍋煮飯賣等等。時來運轉，舊的都已咸魚翻生……

印象中，市場經濟帶來了向錢看的「理直氣壯」，而貪污腐化之風大大叫有良心者慨嘆。但無論如何，前此所有退休者有薪金可拿，大小有房子可住，因此之故大家吃吃玩玩，甚至發發牢騷。則翠湖公園因不收門票，清早即見唱歌跳舞之男男女女，亭台樓閣之中能坐之處已由孤老頭或孤老奶占據著，沉思往昔或根本不思不想。怪筆者多事問一閉眼納福老者：「老哥您多幸福啊！」那老頭一怔，文不對題答：「大饑荒時天天喝稀飯，心中指望何日能有半碗飯進肚？如今我既不饑寒也不挨批挨罵，但孤家寡人，無個講話處；往事如煙，我無非等死而已。」告以「活著就是勝利；閒坐翠湖之中，心平氣和，別想太多吧！」說後含淚走開，覺湖水柳條一片模糊；我領略過，寂寞孤獨的可怕。

走出翠湖，而腿近乎不支，靠欄杆小息一會兒，見路邊有拉二胡賣藝者、有為人按摩盲人，也有命相者和三兩乞丐，昆明治安良好，來往汽車不如他埠之橫衝直撞，眼無行人。此間過斑馬線大可放心。

昆明有「四季無寒暑，一雨便成冬」之說，的確是理想居處。惟信風水之說成風，翠湖邊已置高樓者，不讓前面再有高樓，雲南大學附近有「易名齋」專為人取名，風水師稍有名氣者已面團團似富家翁。固然這些風氣並非經國大事，但明顯可見儒、道、釋正迅速復活，無神論似已無人提及。居家商店貢財神，寺廟香火旺盛，「少小離家老大回」，「往事並不如煙」這句話夠回味，有意思。此時我心似仍在翠湖，忽的又憶起袁狀元吟翠湖〈海門橋〉句，「最是發人深省處」，筆者續曰「心平氣和任塗鴉」。

（二〇〇五年五月廿九日）

# 走入南詔古剎



今年艷陽四月天，一家四口又到了昆明。既是回到自己住過的地方，做過許多美夢的地方。所以選擇了飛行時間最方便的「泰航」；曼谷十一點多起飛，昆明時間兩點前後到。藉此想顯顯本事，到了春城自己叫車到住宿處，然後電話告訴親朋「來到了」，以給他們個意外的驚喜。

走出昆明機場，前來招攬生意的人比要找車的多三幾位。四個人再加行李，就只有找稍大一點的麵包車；招攬生意的人那麼多，小心起見，旁敲側擊問了又問又問。聽到一句：「昆明有家嗎？」我不加思索以昆明腔答了聲：「老昆明，乍個謀？」想不到對方來一句：「一聽就聽出來大爹是石屏箇舊臨安人。」我幾乎笑起來，回了聲：「妳也不是本地人。」小姑娘一笑說：「我是麗江納西族。」她沒料到我竟說那就考考妳：「『魯般魯饒』，知道什麼意思嗎？」

《情詩》（《東巴經》），小姑娘果然並非冒充。就此決定六十元搭她的車，開車的是東北人。才坐上車，納西小姐吐苦水了，說道：「不容易啊！雇車人像防賊一般，真令人傷心。」

「不就坐在妳車上了，應該高興才對。」

小姑娘道：「被考問，不是味道，真想哭。」

這時，一隊綴滿玫瑰花的車，跟著很多輛貼了紅紙條的漂亮小轎車埋塞了道路；開篷花車上一臉被曬得通紅的婚紗新娘和西裝領帶的小夥子，已經滿頭大汗。這情景的出現，納西姑娘的話被喜氣沖斷了。她應當關心成雙配對的事……

艷陽時節午後兩點多鐘火傘高照，新婚男女必須滿面笑容，小心攝入鏡頭以茲留念。情有難描之樂，什麼事還有比新婚遊馬路光彩陶醉？

到息腳處，當天晚飯時，我姪女講了段真實的笑話，前此不久她兒子劉沛結婚那天，結婚車與禮車隊被紅燈隔斷，新郎新娘早已到家，擺場面的車隊耽誤到吃晚飯後才歸隊。姪女說：「這是近兩三年來的時髦玩藝兒，跟新郎去迎娶新娘的車子，少則三輛，多則九輛，六輛因有『祿』音，故多有採用。至於新郎新娘滿頭大汗或被一時間的驟雨淋落湯雞，不是新聞；反正無雨是陽光普照，有雨是財源廣進。結婚是喜事，什麼事都得尋找吉祥解釋。」

我哥有八個子女，五女三男，加五個女婿，家孫外孫都是說笑能手，聚在一起時總是笑聲滿堂。就算只三兩人，也都笑口常開。

昆明只有淑娟、曼娟兩家，淑娟的丈夫滿腹經綸，有講不完的典故；曼娟的夫婿笑瞇瞇的，只聽不說。兩姪女與我在一起，說話間常常大笑不止，笑到流出眼淚；笑到令泰國去的我女兒怕她父親喘不過氣來。過了兩天，又從箇舊來了個敏娟，她是箇舊的代表，所以帶來一大堆我愛吃的家鄉食物，不外酸菜豆腐蘿蔔絲，花生醬與臭豆豉，都是美味，都是久別的合口菜。才說了聲從前賣豆腐的土佬奶是「拿魂婆」，三個姪女因四十多年不曾聽過，一時間忽然想起小時最害怕的「鬼婆」笑了起來，越想越笑，大笑過不停。除了我，妻子與女兒莫名其妙，想不通我與家鄉姪女們會那麼快樂，那麼好笑，只為了已被遺忘的一個名詞突然從我口中流出，只為了某個親人的幽默口語，都會爆發哄堂大笑。臨安（建水）人的臨安話，兒字音的尾聲埋得很深，而簡單化名稱，也只有真正的臨安人才知道，而且無法不笑，非常過癮，不足為外人道。

箇舊代表歡宴從泰國來的十三叔，慎重其事，炸乳扇、八寶飯、酸菜炒肉、水豆腐等等吃個碗底朝天，邊笑邊吃，邊聽老家趣事停筷出神。無巧不成書，三姐妹偶然間的一致，成了精彩鏡頭。魏家人的幽默與哄堂，使餐館老闆也一開眼界。至於我自己，數十年流蕩在外，幾乎變成個沉默寡言的怪人，每回到雲南就變了個人。

飯後，大夥到我住處，話題立刻轉到翠湖，轉到「春城無處不飛花」的春城。

「春城無處不飛花」這麼一句既生動又美麗的語言，如果覺得不很實在，讓寫〈春城賦〉的周善甫以非常實在的三言兩語點醒點醒，他簡潔的寫出：三十六品蘭蕙；燦若卿雲，七十二種山茶，杜鵑遍林壑；報春漫天涯。而「春城無處不飛花」句卻是唐時韓翃〈寒食〉

一詩之首句，該詩曰：「春城無處不飛花，寒食東風御柳斜；日暮漢宮傳蠟燭，輕煙散入伍候家。」這七個字用之於有『春城』之稱的昆明，當然是再適合不過了。妙哉！

乙酉季春之際，筆者將十天的光陰及情感沉浸在春城六十年前生生活過的地方，沉迷在翠湖的燕子橋邊與聽鶯橋下，因此有講不完的婆婆媽媽。

翠湖，六十年前我只匆匆穿過，急急忙忙繞過，而今始細細品味欣賞，近年有位張文勛教授寫了篇〈翠湖賦〉，方便了我這如饑似渴而步履遲遲的遊子，不免拾人牙慧，抄數語如下：「觀夫五華毓秀，滇海常春，雙塔夕照，金碧交輝。復以柳營講武，貢院修文，蓬華布道，螺寺傳經。」四、六句，談來順口，但嫌制作裝飾過多。

〈翠湖賦〉與〈春城賦〉有相同的人文和史地觀，醉人和惱人的「翠湖」居中。一點不錯，筆者此次就是穿過翠湖而進螺寺的。螺寺，是個足以令人發思古之幽情的美妙地方。

懷抱著南詔歷史的輝煌與滄桑，我花了大半天時間，在這所古剎中琢磨徘徊，南詔時異牟尋在這裡建普陀羅寺，不知何時被丟了普陀，而把羅易為螺，大致人們又嫌螺不夠意思，另取了個「圓通寺」。不過，圓通與不圓通，這個地頭始終叫「螺峰街」。翻開手中的一本精裝《昆明市誌》，其中寫道：「圓通公園在螺峰山麓……，內有採芝徑、衲霞屏、潮音洞、咒龍台諸勝。」當然，廟宇宏深，亭樓巍峙，古柏參天，風景極其清幽。

完全出乎意料，雖每人須花四元人民幣，寺中遊人眾多，香火鼎盛，一隻石獅子，據說可以治病，頭痛者摸其頭，腳痛者摸其腳；有人全身摸之，尾巴也不放過。而我，心響往之的是走入南詔。就在春城，唐宋時期的南詔或大理王國歷史遺蹟俯拾即是。遺憾的是，古幢公園好像被新的都市建築群吞噬了，致使我無法在宋大理國梵字塔前留影存照。這可是很有趣的旅行，能走入南詔、走入拓東，卻走不進大理，當然在民族村中有大理三塔，有穿白族裝的導遊小姐。

十天九夜的「回家看看」有寫不完的囉唆和感慨。再說段笑話，「豆花米線」是昔日昆明夜裡的小生意叫喚聲，有輕重節奏，東西便宜爽口。抗戰後期各省人擠到川滇，昆明原有的貨幣成了「老滇票」。本地人與外省人之間，時有芝麻綠豆沖突。一天，昆明大戲院夜晚九點場時突然停電，一時漆黑而靜寂，料想不到出現一聲「豆花米線」響亮、美妙，是苦難生活的無奈，期待光明的無奈；苦中作樂的消遣。這一聲黑夜裡的「豆花米線」，叫出難忘的戰時昆明記憶，而「豆花米線」因此名聲大震。

（二〇〇五年七月五日）

# 雞蛋花不在家

清晨五點半，我總走到近家的是樂園，見見樹木花草和陽光。一去一來便須步行四、五十分鐘。進入公園的右邊，第二條路邊有五張長座椅，我多半坐在第四張上，眼望著一片不很大的三角形園地，間有近十塊大石頭，近十種不同的植物，最耀眼的是兩株擠在一起的「朗桶」（Lantom），從五月中起開滿了白花，直至如今（七月初）仍盛開著，似乎還要茂盛一個時期。形成圓圈的樹下綠茵草地，舖滿謝了的落花。雖是落花，依然還有鮮活的形狀，因為逐日增添，落花也好，花魂也罷，看起來就像一床綠底白地氈，如我還年輕，定走到那兒打個滾。

相見日久，腦海中有了個「詩」的印象：

滿樹白花兒
遍地落花屍
仰望盛開的美
傷心墜落的魂

頗帶悲涼之意，那麼美麗，怎會紛紛墜下，無法再飛上枝頭，等待就葬在大樹根旁？

那美麗的花兒的悲涼，終於教我興起想進一步認識她的身世。那麼巧，泰國的Lantom（朗桶）還有好幾個名兒，諸如Pagoda Tree, Temple Tree, Graveyard Flower，是「塔」、「寺」及「墓地」，不禁令人嚮往消極的境界去。而朗桶的第二個音，因所連帶的名詞也都有負面，如：悲傷、罪刑的意味，致朗桶都只能在公園、寺廟、學校或公共場所成長和生存，泰國人的住家就沒有栽朗桶的。為了這個原因，我叫孩子找朗桶的華文名，完全出乎想像，華文名叫「雞蛋花」；怎麼會叫雞蛋花？我登時大惑不解，即至翌晨到樂園時，走到遍地落花中去撿了一朵，回到座位把花擺在掌中細細欣賞。原來五瓣花的中心部份是蛋黃色，每瓣三分之二的大部份是白色，說它是「雞蛋花」應該是具有想像力的命名，可見為花命名也是要一番思索的。而既然是雞蛋花，是不是可以吃呢？經認真的探索，知道此花可以吃（多數的花皆可吃），其吃法是把鮮花洗淨，蘸麵粉水油炸，相當可口。是啊！這麼可愛的花怎麼吃不得。只是公園所見的遍地花兒，不見有人來撿去油炸？我想是有人撿，不過我不曾看見。

看眼前遍地落花多了，又是清晨，自然也往往令人遐思；那些再也飛不上枝頭的花兒，不就是朵朵花塊？如果有位林黛玉在草地上「忍踏落花來復去」，也許是很有意思的鏡頭。不過，倘若把滿地的花屍收拾了，攜到別處埋葬，應該說那就違背了大自然的安排；很多植物有此情況，花或果的終結，是回饋母體，有生生不息和報恩的意味……

當然，我還不明白「朗桶」這個名稱有何來龍去脈？可以想得到的是，泰國祖先對此必有一番思索，正如中國人所稱的「木耳」，泰語稱「戶怒」（老鼠耳朵），各有千秋。似乎泰國人對很多動植物的命名，既聰明而帶「神乎其技」的巧思，例如稱蝴蝶為「庇實」（鬼衣），就真是靈巧生動，夠人尋味。則「朗桶」帶上傷感的味道，必定還有原因。題以「雞蛋花不在家」大致不差。

（二〇〇四年七月二日）

# 「妙香國」談

金庸的《天龍八部》使許多人對大理有了印象，對南詔之後的大理國有了點滴認識。大理，以及大理國的統治者段家的確有豐富的材料供人寫作。《天龍八部》在南詔時期張勝溫的《梵像卷》中便有了既生動又神祕的畫像，南詔學者李霖燦先生的《南詔大理國新資料的綜合研究》一書中且附有彩圖；天龍八部係畫在《梵像卷》中諸佛像前的佛教護衛神，祂們是：白難陀、莎竭海、難陀、和修吉、德叉迦、優缽羅、摩那斯及阿那婆達多。

對武俠小說，可千萬別當歷史看，歐陽瑩之在〈論金庸的武俠小說〉一文中，一開頭便有這樣的幾句：「金庸把江湖嵌入一個實在的歷史背景中，在虛構的小說人物間穿插真實的歷史人物，使他的武俠小說帶著幾分歷史小說的意味……。」

筆者為了要寫一段「大理國」歷史中稍輕鬆而在政治上發人深省的故事，不得不扯了前面屬於《天龍八部》來龍去脈的一個輪廓。

寫「大理國」便得先說「南詔」。南詔以迄大理國，正是中原唐宋兩個朝代；南詔的宗教信仰雖然複雜，但與佛教的淵源頗深，因此大理這個地方有「妙香國」之稱。佛教輸入大理路線有三，其一為漢代由中原內地輸入；其二為由印度緬甸輸入；其三為由西藏輸入。同時，大理佛教因與西藏密宗的關係密切，歷史最長，因而大理之佛教帶有密宗色彩。

公元五世紀時（晉安帝隆安五年至齊永元二年），佛教已入西藏，自聶赤尊波以後，密教大興，其後七十餘年密教由西藏滲入大理，按南詔的諸種傳說幾乎都帶有濃厚的宗教色彩；所有的雖然是來自佛教的故事或傳說，也都帶有密宗甚至本來屬於道教的色彩。

且說大理國的段家。大理國甚至後理國，一共三百一十五年，凡廿二傳中，禪位為僧的帝王竟達九名之多，金庸《天龍八部》中的段正淳便是其中之一。大理國開國之主叫段思平，到了第八傳之段素隆（一〇二二至一〇二六年）——秉義皇帝，做了四年皇帝，便覺得傷精費神，想求個逍遙自在，便把他侄子段素真叫來，把玉璽傳給他，說：「你來幹吧！叔叔紮實的想到雞足山當和尚。」素真正想過過皇帝癮，接了下來，一幹幹了十五年（一〇二六至一〇四一年）也居然領悟到，他的生活不如當了和尚的叔父，身體也居然不能比自己年長的叔父，想通了，也照樣把江山交給段素興繼承，做和尚去！這段素興因荒淫無道被廢，乃由段思廉繼承大統。段思廉做了三十一年的皇帝後，居然也厭了，宣告禪位為僧，然後到了大理國第十四世的段正明，他正想可以任所欲為，但卻受到清平宮高昇泰的反對，許多地方受到牽制，感到很不是味道，終於也出家了事。除了他可能不是自己的心願，其他素隆、素真及思廉三位皆係看破紅塵。除此而外，大理國的第二世段思英是被廢為僧的。後大理國八傳中，禪位為僧的四位皇帝是：段正淳、段和譽、段正興及段祥興；其中段和譽做了三十九年皇帝，因諸子內爭外叛，自己年紀已老，禪位修行以求清淨，他的父親段正淳據說是因彗星見於西方，民間疫症流行，因而趕快禪位給兒子，學老祖宗，上雞足山修行去。

總共大理國段氏廿二傳中，有九個皇帝做和尚，其中有三位當皇帝三十年以上。根據所能讀到的南詔書籍，在南詔時期，其自東傳入之清宗以及自西傳入之密宗影響力比較大，到了大理國段氏，佛教勢力乃逐漸增長，雖帶有密教色彩，畢竟已經歸入佛教的大海洋中，佛教理想成了當時大理統治階層追求的目標了。當時佛教之在大理究竟是個什麼情形，可從元郭松年的〈大理行〉中見其梗概，他寫道：「此邦之人，西去天竺為近。其俗尚浮屠，家無貧富，皆有佛堂，人不以老壯，手不釋數珠。一歲之間，齋戒幾半，絕不茹葷飲酒，至齋畢乃已，沿山寺宇極多……凡諸寺中，皆有得道者居之……」

當前我們所處之時代，因科技之發達，生活競爭日趨緊張劇烈，佛教思想不失為清心之劑，然而當今的大理，為了旅遊，「天龍八部」的炒作把蒼山的清淨一變而不清淨了……

（一九九六年三月十日）

# 折壽



「國際老人年」（一九九九年）瞬即消逝。去年間，我曾經思考一些關於生命的終結問題，但始終沒有什麼結論；然而心裡在想，自己該算老了，老了就想的更多，顧慮也多，以至於顯得遲鈍。

究竟多少歲才算老呢？似乎中國的老觀念是六十歲才算「壽」，現在則六十歲的人還顯得年輕力壯，也有的八十、九十了也還相當健康。我自己或許說不上健康，只類乎抱病延年，但我還在乘巴士到報社工作，而且是全力以赴，自以為命苦。

在我來說，該活多少歲和能活多少歲的問題常常使我想到一件事情，數十年來，我不曾聽到任何人談過這樣的事，也不曾從書報雜誌上讀到過這樣的事。我要說的是「折壽」，就是祈求上蒼把自己該有的陽壽折一些給父親。一直到現在，我不知道蒼天有沒有接受這個祈求。但無論如何我對這個祈求是歡喜的，因為至少我還曾經盡了一點孝道。

這已是七十多年前的事，我七歲時，父親已是花甲之年，我還有兩個哥哥一個弟弟。我清楚的記得，父親病了，他老人家很虛弱，我母親很擔心父親一旦發生什麼事故，四個兒子會很可憐。當時母親除了找醫生到家來切脈開藥方外，還決定了一個祈求上蒼的「辦法」。

記憶中，家中客廳外擺了一張桌子，供了香花茶水，點了紅燭。在香煙縹緲間，母親叫我們兄弟四人齊齊跪著，眼睛望向蒼天。這時我耳裡聽到母親在說：「天啊！慈悲的蒼天：我們孩子還小，須他父親養活，錦堂（我父親的名字）是個好人，現在祈求上蒼發慈悲，把四個兒子的陽壽各折十年添給他們的父親；此後，我將好好教育孩子，要他們一生敬天地，規規矩矩做人。」這以後，母親還說些什麼，我聽不到了，只見她嘴在動，似在禱告；母親一臉悲愁，不斷落淚。這時我以萬分至誠的心，仰望著蒼天，而心中很難過，深恐父親或許就快要拋棄我們而去了，因此跟著母親流淚。

折壽祈求過後，我和哥哥弟弟都不敢講話，連走路都小心翼翼，怕蒼天不愉。然而只兩年，家中最大的悲劇終於上演，父親以六十二壽終。悲劇使我們忘了折壽的事，必須面對生活的磨難。

一轉眼，七十多年過去。這麼漫長的歲月中，我總不時回復到當時的情境，香煙縹緲，母子仰望長空，淚如雨下；父親那麼偉大而重要，母親那麼沈著，不求親友而虔誠祈求蒼天……

十二年後，母親去世。這時，我自己身在遠方，接噩耗時，也只能仰望長空，對白雲流淚，但在夢裡，母親一直健在。

數十年來，我不曾透露過關於「折壽」的事，包括我的孩子，對別人來說，我以為都不會以為這是什麼值得說的事，對我的孩子來說，我不忍心對她們增添任何近乎悲劇的故事，因為她們十分孝順，而我已歲薄耄年。

大致由於近些時來記憶力減退，病痛也多，兼之也特別關心社會世態，更覺得真誠、淡泊、仁義道德之可貴，而「孝道」尤其值得提倡表揚，所以想起「折壽」這件事來，也許說說不妨。我同時也想過，為什麼不稱之為「添壽」而說「折壽」？大致母親認為，祈求蒼天為父親添壽也許是過分的要求，而且這種要求不一定獲蒼天接受。不如要求把兒子的陽壽折一點給父親，或者更理直氣壯能被接受，因此之故，那次虔誠的祈求稱之為「折壽」，這是多麼虛心而且為蒼天的方便著想的想法和決定。當然，我作如是想的原因，乃是母親曾飽讀詩書，而且謙虛客氣處處為別人著想，凡事寧可自己吃虧忍讓。

提到折壽的事，我最近曾經想到，如果當年蒼天已經記錄在卷而且接受的話，父親既然從兒子們折壽給他那天起只多活了兩年，則照四個兒子的壽歲實算，我的陽壽應該只折去半年。我不知道蒼天是否如此打算盤，也說不定蒼天登記了十年，就不結算究竟真折了多少。在無聊的時候，我算過這盤帳，雖說對蒼天失敬或甚至會被視之為荒唐。不過，我仍自我驚惕，勿以凡人之心度蒼天之腹，蒼天很可能根本沒有登記。天可憐見！當時蒼天或許已因我母親的祈求之誠，增添了兩年陽壽給我父親，而不接受折我弟兄們的壽。關於這件事，雖然我全不在乎，也不信蒼天能做折壽和添壽的事，但我內心一直是好過的，而且非常感謝母親在我少不更事時為我做了一件可稱之為「孝道之事」。

（二〇〇二年六月十六日）

# 真正的老友——陳炎學長快就滿九十了！

一九九七年十月，北京出版了一本由張敏主編的《傳奇與人生》，寫的是二戰風雲中誕生的「東方語專」，它創立於一九四二年，一九四九年合併入北大東語系，所以語專只有八年的歷史，但它的的確確是不平凡的八年；季羨林在該書封裡題了這樣的兩句話：「治學愛國兩不誤，寒暑八載傳千秋。」

以上寥寥百餘字，只是個開場白，祝賀陳炎教授九十華誕方是主題。陳炎是誰？最初，他是抗日時期陳納德飛虎隊電台的報務員，通過他發的電訊，日本飛機被擊落二百九十七架。之後，一九四四年，他考取當時的國立東方語文專科學校。非常夠刺激，一九四五年筆者在重慶和尚坡該校茅草棚下的迎新會上，便聽到：「別小看衣冠奇奇怪怪的學長們，其中很多是英雄人物。「你想學暹語，暹語學長中，有個叫吳乾煌的，此君乃『東方傳奇英雄』（其動人故事容後報導）；穿空軍夾克的那個人，是飛虎隊的陳炎。」

我的學長陳炎在求學期間就非常出色，比如說有國際人士來校參觀訪問，同學們便必須把他推出，因為他的英語足以為大家增光。一九四六年語專遷到南京紫竹林觀音寺不久，教務長張禮千教授即設了研究室，陳炎即以助教身分成了張禮千教授的得力助手。筆者一九四八年離開南京來泰之前，與陳炎接觸頻仍，他把《曼谷雜誌》多本交給我細看，我因此找到來泰途徑。此時，他已是研究「戰後東南亞」的拓荒者，其作品已遍及《密勒氏評論報》、《東方雜誌》、《亞洲世紀》及泰國出版的《曼谷雜誌》，我就是從《曼谷雜誌》上找到來暹羅的途徑的，原來主編這份雜誌的溫田烽是我認識的人。據所知，陳炎在語專研究短短兩年中，搜集了大量有關東南亞的國內外圖書資料，使研究室受到各方重視。

在紫竹林語專研究室一間非常「袖珍」的研究室中，我見到陳炎勤奮努力的情形，又是翻又是寫，夜以繼日，好似準備考狀元般，吃喝也都三兩口完事。教務長張禮千本來是很少有笑容的，但他看著研究室的迅速充實，見到他的學子勤奮不遺餘力，便一臉笑容。這時他問到我畢業後的打算？陳炎學長便趁機說：「魏亞屏已有去暹羅的路線。」

張禮千先生說：「暹羅中原報的董事長余子亮先生曾邀我去主持編務，但聯絡中斷；我在新加坡時便與他認識，他是個好人，喜歡有學問的人，你走之前我會給你一封介紹信。」說後又吩咐陳炎：「你找些關於暹羅的資料給他，好好充實一下。」說後一隻手提著藍布衫走出研究室。於是陳炎學長全力以赴，與我的關係日愈密切，我眼中的陳炎成了亦師亦友的學長。

一九四八年秋，我終於離開南京，隻身遠渡。

一別四十餘年，一九九三年筆者因出席昆明鄭和國際研究會議，出乎意料見到很多語專校友，包括美國范爾蒙大學社會科學院院長王育三博士等，而其中之一的陳炎已是北大很活躍的教授；他是中國研究「西南絲路」的先驅，繼提出《漢唐時緬甸在西南絲綢中的地位》論文後，他又致力研究「西南絲路」及「海上絲路」。從這個時候起，絲綢之路各方面的研究都成了顯學，成了時髦的名詞……

誰都沒有料到和想到，一九一六年從小沒有父母，靠親族扶養的可憐小孩，靠自己奮發向上，利用一切機會，終於在抗日戰爭中以一名報務員身分做出非凡貢獻，從而以高中同等學歷考進東方語專，而成為張禮千教授的得意門生。

一九四九年南京東方語專合併到北京大學東語系後，陳炎獲委任為緬甸語教研究主任，同時從事東南亞史、緬甸史和中緬關係史的研究工作。這時季羨林和張禮千等教授主編了「新時代亞洲小叢書」，其中《戰鬥中的馬來亞》即係由陳炎撰寫。這之前他還寫過一本《戰鬥中的越南》。一九五〇年開始，中國高教部門從全國各地調了三批青年學生到東語系學習，陳炎任「越南國情」講座教授。學生群中，李世淳後來當了駐越南大使，再任駐泰國大使。

這期間，陳炎寫了大量與東南亞有關的論文。

一九五七年，他應聘為廈門大學南洋研究所新創辦的《南洋問題資料譯叢》翻譯緬文資料，天有不測風雲，陳炎因抗日戰爭時期擔任過飛虎隊的電報員，在反右聲中被指為「美蔣特務」，跳下黃河洗不清，橫禍連連；繼後連東方語專也被誣為「特務學校」。陳炎遭隔離審查，被監禁在北大四十一樓地下室，橫遭批鬥，終被下放到農村勞動改造。兩年之後獲摘掉「右派」帽子，調回北大。非常滑稽的是，身在北大的「摘帽右派」，比在下鄉勞動的「右派」更受屈辱……

在屈辱下，在疲憊不堪的情形下，從小就吃苦的陳炎，不但沒有倒下去，反而把精神寄託於校訂姚楠教授英譯哈威《緬甸史》後，又繼續譯完緬甸史學家波巴信用緬文寫的《緬甸史》，此書於一九六五年由商務印書館出版。

自一九五七年起，正當陳炎風華正茂時，竟身處逆境廿餘年之久；他因不甘虛度年華而偷偷做翻譯工作。一九八〇年，他獲邀參加在昆明舉行的中國東南亞研究會第二屆年會，而且提出了《漢唐對緬甸在西南絲路中的地位》，開創地首次論述了「西南絲路」與「西北絲路」的關係，他的著作源源出版，受到學術界的重視，被譽為研究「西南絲路」的先驅。從而他又開拓「海上絲路」研究，一九八一年在廈門大學參加中國中外關係史學會成立大會上，他提出其「海上絲綢之路」研究的成果。不久其另一篇「海上絲綢之路」文章在北京大學出版的《中國建設》以八種文字發表，從此海上絲路研究從中國走向世界……

陳炎於是受聘為幾所大學的客座教授，不斷應邀到各地——包括台灣、美國和加拿大講學，均獲好評。

九〇年代中期，陳炎曾應泰國的學長吳乾煌及泰國研究學會會長周鎮榮之邀來泰作學術交流活動，同時應邀的北大教授還有顏保與陳玉龍。有趣的是在此前五年，周鎮榮與陳炎在同往上海途間，互相道及童年往事，均備極苦寒，彼此同情而決定以兄弟相稱，終身保持聯絡。

一九九五年十月，筆者送小女飛飛到北京進北大研究，小住多日，又得與陳炎學長喝茶談心，看他雖年紀比我大，精神卻比我好，依然耳聰目明，步履輕快，一如六十許人，令人羨慕。當彼此論及身體壽命時，陳炎學長居然出一個目標，「我們最少要活一百歲，而且爭取活到一百二十歲！」在北大勺園餐廳中，幾個老頭一陣響亮的笑……

時隔五年，陳炎教授準備以出版全集慶九十大壽；電話中他依然聲音宏亮，敘及五十年前往事，歷歷在目。這位比我老的老頭，常寄來端端正正，絲毫不苟的問候信，對我有極大啟發。有這麼一位老友，應該說乃是天人福氣？人，不可沒有老友；老友以君子之交往來，應是延年益壽良方。老友陳炎不知老之已至，仍不斷揮動筆桿描繪理想中的天地。

（二〇〇五年五月十六日）

# 雲的迷思——懷念郎靜山先生

我對於人與人之間的緣份，很珍重也極虛心看待；對於人的遭遇與某些事物間的似曾相識或偶然重逢，不盡視為「巧合」，而往往深思其間之「數」的來龍去脈，覺得很有意思。

一九九二年十一月廿七日到十二月二日，第十三屆亞洲影藝大會在曼谷舉行。此次大會係由泰國影藝研究會主辦。該會會長是陳達瑜先生。之前，達瑜兄籌備要出版一本紀念刊，邀我寫一篇與郎靜山先生有關的文章，郎老時年一百零二歲，他是「亞影」（FAPA）的創始人，也是該會的榮譽會長。達瑜兄與鐘素華女士伉儷與筆者友誼甚深，我也因他倆而與郎老多次親近，寫文章的事乃義不容辭。一時間從手邊書籍中選了別人的詩句〈放眼青山雲過岫〉為題，另加了「歡迎人瑞郎靜山蒞佛都」為副題。事後見該巨型彩印專書有郎氏題的書名，落款「百零二叟郎靜山署瑞」，全書內容豐富。

在〈放眼青山雲過岫〉那篇文章中，我把《長壽》月刊中余維康先生的七律詩改了數字（加了按語），作為結尾；它是：

雪鴻投影證前塵，
留照風華秋復春；
放眼青山雲過岫，
關情滄海月飛輪。

一生鏡攬寫真趣，
萬次光閃微笑神；
攝得浮生千百景，
壽並山河數此郎！

人瑞郎靜山看後自是為之一粲。料想不到兩年之後，一代藝人便悠然騎鶴西去。而在此之前，百零四歲的郎老似有預感，盡力讓其餘生參與各地所舉行的影藝活動，去香港，來泰國；蒞臨佛都是參加此間「崇聖大學」舉行的攝影展覽，藉此機緣，是年，三月廿四日傍晚，一代影藝大師獲泰皇蒲美蓬大帝恩賜晉見，陪同晉見者有鄭午樓博士與陳達瑜伉儷。郎老呈獻其馳譽國際之名作《百鶴圖》。翌日，筆者曾從鐘素華女士所拍攝之歷史性照片中，見龍顏大悅。一九九四年五月間之前，短短半年間，郎靜山異常活躍，也做了很多事，包括整理個人資料，而最特別的是，慎重其事的在其傑作《百鶴圖》前留影，之後親題了「駕鶴西歸」一墨寶。不久，郎老果然安詳告別人世，遺體於次年五月十三日火化。

郎老生前曾多次來泰；身穿長衫布鞋，其瀟灑高古的風采總引起各方人士刮目相看。鐘素華筆下對郎氏有如下描寫：

無論何人，瞻仰了郎靜山先生的風采，總會在無形中被其清純的神韻所吸引，頓然覺得眼前道貌岸然的他乃是『今之古人』。然而，你若是有幸與他多所接近，必又會因其蒼古拙厚之美和剎時領略到的萬般風趣而發現他那麼活潑輕鬆……

從一九九四年宋干節到今，郎老乘鶴西去已九年；從九二年十一月下旬算起到二〇〇三年四月三十日，快就十一載了。

非常有意思，四月三十日上午十一點時，陳達瑜先生邀我到「高順」午餐，以便暢敘彼此想說的話。稍頃我才發現餐台一邊有兩卷字畫，達瑜兄也同時說道：「帶一副對聯送給你，你一定會喜歡，猜猜看是誰寫的？」答：「郎老。」陳兄稱：「對了。」我一時喜不自勝，並道了謝。邊吃邊談，當然相談甚歡，直到午後兩點始別，我攜著墨寶返家。方一進入蝸居，急忙把對聯攤開擺在地上，郎老秀麗有骨的墨寶在眼前一亮，上聯是「心如出岫白雲淨」，下聯是「人似在山泉水清」，落款「甲戌百零四叟郎靜山」，款下兩方珠紅印章，整副對聯高雅美觀，華彩非同一般。

面對如此深合我心的墨寶，我豈只心花怒放？引我的思緒墜入「數」的迷思，才是至樂；回想一九七三年二月，郎氏在泰國舉行個展時，經達瑜兄的介紹我認識了這位「非常中國」的雅士，相談之際令人如坐春風。七九年我應邀赴台觀光，又持達瑜兄的函件，訪郎老於台北臨沂街四十四巷，我見識了他的書齋，客廳中還有小火爐。郎氏顯得非常高興，臨別時取出一張早年寫就的《孝經》節錄，取出筆硯落了款相贈，我自是喜出望外。八〇年六月，朗氏以作客身分來泰住陳府，我又獲贈一幀其攝影佳作《春樹奇峰》，峰是廬山五老峰之遠景，一九四五年夏天某日余曾與數友好在峰頂坐賞鄱陽湖，飽覽廬山雲，故「春樹奇峰」圖了多年來蝸居中的回憶景色。近六十載風雲變化似有似無，一幀風景照，峰屹立，春長在；滿懷故鄉情，心如水，淚長流。蝸居掛滿書圖，對一顆遠謫他鄉的心是安慰也是刺痛……

由達瑜兄所送的郎靜山遺墨，伴我小屋中已懸掛的佳章，也沖淡了我一身俗。而令鄙人迷思的，仍是相隔十一年，我寫他的題不離「雲」，輾轉落到我家的他的寶貴遺墨也飄著一片「雲」。我非常喜歡這副對聯，因它所召示的係淡泊寧靜的心境，高上品德的表征。墨寶應是郎老百零四歲期間某一歡樂時光所寫下。推想郎老在此期間，一定靜思光彩人生，包括他一生的孜孜不倦的努力創造，對人類社會的愛和貢獻，而精神愉快之際，便揮毫抒發一些心靈中的人生美感，藉此留下盡可能播散的芬芳。

據所知，郎靜山後期以其仁慈之心，須應付各方求索，在郎老全無功利心的純潔意念中，自會想及許多真摯可愛的人，例如他的忘年之交陳達瑜，和他一樣，一生兢兢業業於藝術生活的探索，因與生俱來的天賦及興趣超然物外。陳達瑜伉儷與郎老親如家人，大致自七十年代至九四年間，一派中國人文精神的郎靜山與他倆合作無間，因此他們的來往信札與合作資料不少。自然而然，郎老所能留下的遺墨，當然以交付達瑜兄最有意義；他對於一件無價的藝術品之安置，定適合於足以代表那份精神氣質載體之所在。

懸掛起雲淡風輕，使勿忘安適寧靜，眼不被功利彩色迷盲……

（二〇〇三年六月七日）

# 認真走過——懷念和讚美朱聿彬先生

在我半壁書櫥中，有幾本重要而具紀念性的書，《朱聿彬先生選集》便是其中之一。朋友們雖不時談到他，但筆者絕少翻這本書，因自己容易傷心。前月寫〈五十年代此間〉拙文時，心中隨時想到如何佈置他的「出場」，致激情不時湧到筆端，而淚盈於睫。於是，在觸及「渠竟於一九七六年便走完人生旅途」之前，抒發了我對人生世事的深沉感憤：曾見善堂修骷時白骨如山，曾見義山野草淒迷……

未湧出筆端而嚥到肚裡的話是：多少才氣橫溢的精英，多少勤勞而與人無爭的謙謙君子，多少把心血澆灌在海外文化領域的無名氏，曾遺愛在人世間未為人知而悄悄走了的好人，他們像春蠶吐盡了絲。本能地貢獻了力所能及的光和熱然後死去。而朱聿彬先生正是這悲壯行列中的典型，最令人傷感的是，他在一個人的生命最光輝、最愛人也被人愛時離開了人世。我一直在告訴自己，他還活在許多人的心裡，活在他所留下的道德文章裡。

「追思昔遊，猶在心目。」[1]

我一直喜歡「良師益友」這句話，朱聿彬便是我的良師益友。事實還不僅只如此，我的智慧似曾因他的誠懇與遠見而啟發，而最令我警奇的是，他說過的話，像刻在我的心上，非常清楚，連同他的容顏與笑貌。

屈指一算，余與聿彬兄相處只短短廿八個年頭。一九七六年三月卅一日，他在「時空的迷網」中撒手人寰，他很捨不得，但最後的時刻是在不捨與迷惘的掙扎中結束了人生夢。在這齣悲劇上演之前十年，一個急雨黃昏時節，朱、我兩人在談論當時一位世界名人即將逝去的情況時，他非常認真而極其輕鬆，狀如演講地說：「老兄，人生七十古來稀，這時一旦病痛便成風中殘燭，想想看，那燭既將盡，光在風中顫抖，隨時可熄。唉！你想想，一個人無論家財萬貫或帝王將相，成就多大，一旦死了，則愛情、錢財，一切的一切，都再與他無關了。多悽慘，多悲哀，多令人慨嘆！」

朱聿彬先生對生命敏感，以及對生命玄妙的懷疑、無奈與感悟幾乎是與生俱來，所以他分秒必爭，那怕是在玩樂，也認真享受。在我們相處時的歷程中，他認真做事，認真交朋友，認真把英文弄好足以馳騁，認真學駕駛，認真學跳舞，認真找對象，認真積蓄，認真組建家庭乃至認真研究聖經，以致終於時常應邀講道，一度代替牧師擔任浸信會懷恩堂的主席。

有一次在他家裡，不知道是什麼細小的事故，朋友們都聽到他對十歲的兒子說：「我有你這樣大時，還不曾知道吃飽肚子是什麼感覺……」

他這句從溫和的語氣與從容的態度中流出的深沉、激情的教子之言，一時使知交們深受感動，致不約而同裝做沒有聽見。三十多年來，我想及他這句話的生活背景，和我們年幼時的艱辛歷程，往往難以抑制淚水之「不請自來」……

半個世紀再加三年之前，我便在摩南家認識了朱𦘦彬先生及其他幾位朋友，我們立即成了親如手足般的搭擋，除工作而外，都形影不離。大致由於他老成而學識淵博，無形中成了朋友群的龍頭。在彼此都還沒有結婚之前的歲月中，每逢耶誕、新年和春節前夕，我們多相偕傾談遊樂，甚至不寐而至天光。那時期，大家力求上進，兢兢業業工作，也陶醉在此間的風情中。生活非常的容易過，路邊小吃合口而便宜，所見所聞只有趣味而沒有陌生，身在異國而不覺得處在海角天涯，一切那麼親切，那麼溫暖。但由小處看卻大開眼界。一聲「沙哇迪」（泰人問候語，如「您好」）非常管用，只要祭出笑臉，便會見到笑臉，那怕是未曾相識……

朱𦘦彬先生是一九四八年春來到泰國的，不久即在育民中學任教，之後進美國新聞處當編譯，並於夜間兼任光華報電訊翻譯。同時還為外地報紙寫通訊。他的勤勞和不斷、求進的精神令我獲益不淺。而特別使我驚訝的是，他的文學修養，無論是新詩和散文，他的詞句和用語均感人心魄，文字璀璨而深具魅力。當然，論文更不用說了。

此拙文以《朱𦘦彬先生選集》開始，並提到，筆者絕少翻這本書，因自己容易傷心。但我方才翻了，不但翻，而且讀了；不但讀，而且深深的受感動以致飲泣……

大致是一九四五年還在中國的時候，聿彬兄為悼念他一位英年早逝的詩人好友時，寫了題為〈寂寞的歌手〉（見《朱聿彬先生選集》第二〇四至二〇七頁）散文。此時很有必要抄錄其中片段，以示懷悼他和讚美他：

……這是你幾次對我的諾言——然而，你竟死了，默默地死在遙遠的北方草原，死得寂寞，死得年輕，——從你的信中算起來，至多不過二十四歲吧！——比起任何薄命詩人，雪萊、拜倫、濟慈、普希金、黃仲則還要年輕，還要悲哀。佇立階前，望朝露未乾的萋萋芳草，和發光的白楊樹葉，一陣心酸，趕快回到床上，抱了枕頭，嗚嗚痛哭了很久……。老友，請你安眠！我已從朋友處搜集的殘稿，另出一個集子，要讓你永遠活在人類的心上，朋友們的心上！千言萬語，都哽咽得不能再寫了，我立誓，我終有一天要來北方——北方草原，你的墓前，為你立一個墓碑：「年輕詩人遠原之墓」……

而筆者此時要說的是，朱聿彬先生來到泰國後，直到一九七六年三月，就沒有機會回到中國北方草原。如果他能再多活五、六年，願望便能實現。這正是筆者寫此拙文的責任所在，也是我要抄一段聿彬先生遺著的良心之所寄，以讓我的激情能平靜下來。

一九七五年年底，朱聿彬先生病了，住入是隆路基督教醫院，一拖再拖，又移往是裡叻醫院，我曾和好友們不斷的探望過他。進入是裡叻之後，悲觀情緒日勝一日，他的家人、親戚朋友逐漸憂慮起來。躺在病床上的朱聿彬，總是勉力掙扎而裝出微笑，但朋友們看得出來，他意圖沖淡悲觀氣氛，尋覓倔強的依據。可能他猶記得當年他安慰垂危的知交時的激情，而那躺在病床上的年輕詩人，卻以微弱的聲音說出普希金的詩句：

在光榮與至善的希望中
我無畏地向前遠眺
到我死的前一刻
我還要往活的路上走

三月下旬，朱聿彬先生的身體和精神都已逐漸不支，以致近乎昏迷。這時，我每進入病房都想哭，不敢走近病榻；他曾從昏迷中清醒，用目光掃射週遭，嘴裡說：「扶我起來坐一下，扶我起來坐一下……」之後又昏迷了。而在場的朋友都聽到他微弱的聲音：「來了又去，去了又來……」

都知道他念著在美國讀書的大兒子中河，彷彿他還記得，他兒子前此不久還回過泰國，一家歡樂團圓。此時，聿彬先生想著和期盼著，那個他的延續將會來到他身邊，可是蒼天並沒有賜給他這份恩寵。

三月三十一日，朱君「蒙主寵召」。

三天後素坤逸十九巷基督教浸信會懷恩堂的告別儀式上，我受摩南之託代她報告朱兄生平。我第一次站在基督教堂的講台上，幸虧講台上那張卓子在桌面之下還有一層木板，我能以兩手抓緊，盡平生力含住眼淚，照我心靈的馳騁講話，一字一句，我至今仍清楚記得（摘片段於後）：

……聿彬先生是人人敬愛的好人，包括每一個認識和見過他的小孩，誰都喜歡他和尊敬他。他的笑貌，他的和藹風度隨時隨地令人有輕鬆愉快、誠實可信的感覺，同時人人在內心裡，都很願意與他接近，聽他有內容的談吐，看他極慈祥的笑貌。……上帝的意旨是何等的不可思議，正當聿彬先生處在生命最美好的時光把他召回天堂；正當他的聰明才智最光燦時把他召回天堂；正當每個親朋陶醉在他輕鬆愉快的聲音和笑貌中時把他召回天堂，正當他的風采最迷人的時候，把他召回天堂，……。因此人人哀傷，對生命的奧秘不和其所以然……

我的報告充滿激情，頗為精彩。因我不是教徒，語句中帶有對生命、對終結問題的懷疑，但朱聿彬先生是虔誠的教徒，我是站在教堂的台子上，站在牧師或講道者的位置講話，也是為我死去的朋友講話，所以字句酌，避免對天地神靈的褻瀆。我話完走下講台，主持告別儀式的白德牧師和幾位貴賓迎上握手，稱讚備至。接著，白德牧師打破慣例，再上台針對我的懷疑講了他該闡釋的神的道理。

我極其滿意自己的講話，並且深以為朱聿彬先生如果有知，一定拍掌稱謝，並以有我這樣的知交為榮……

他走了一年之後，我寫過一篇題為〈熱淚盈眶〉的短文悼念他，時隔二十六個年頭，我寫此文之際，依然眼淚汪汪。

朱聿彬先生曾認真走過短暫的一生而留下了永恆的愛……

（二〇〇二年十二月十三日）

1 見曹丕：〈與朝敬令吳質書〉。

# 幾回傷往事

這段路那麼漫長，對我來說，像身在沙漠渴求水源，像漂流在大海中觸到孤舟；四十年的鄉愁，別離四十載的手足情都將展佈出驚喜……

吾弟出國在即，完聚之期更遠，骨肉遠離能不依依？吾弟由此開始做事，而做事基礎在做人，做人之道應由持謙戒驕入手，謙則受益，驕則必敗。做事之方首重克苦，初學做事每理想過高，而人生旅途，荊棘偏多，逢勝勿驕，遇敗勿餒，惟刻苦者可以當之。父親在日你我均孩提之童，堂上每諄諄訓此……

上面這段文字是我於一九四八年七月間離開南京之前，我長兄給我信中的開頭，全信長達六頁。當時，我和他已分別六年，一旦我出國，自是「完聚之期更遠」。「一赴絕國，詎相見期。」[1]

一九四八年時的「完聚之期更遠」，從四三年算起到一九八三年始得相見，竟是整整四十年的骨肉分離，而相見時的激情確乎寫下終身難忘的慨嘆。

提到手足情，想及往事，思緒馳騁的空間驟然廣袤無邊，難以抑制激情的轠繩。手足情！手足情！手足情！常在心頭的往事，遊子鄉愁的無奈如悠悠白雲，故長期以來我喜歡仰視它，望白雲便想到我的兄和弟；我也怕看白雲，因為我會傷心。

一九四二年五月十日，雲南騰衝陷入日本侵略軍之手。之後，日本飛機狂炸保山和昆明，一九四三年昆明東郊的「交三橋」被炸，跑警報的人群壅塞在那條要道上，一瞬間無數人血肉橫飛，我拉著一輛輪胎走了氣的自行車就在那兒，雖倖免於難，但當時竟恍惚自己是否活著，稍過了一陣，眼見血肉模糊的現場，確認還有命後才慢慢走到「石杵」。我大兄租了間農村小屋在那兒作躲警報息腳之用，因我係經「交三橋」而來，臉還在發白，衣服上還染有血，我哥嫂二人都為我慶幸，煮了甜雞蛋壓驚。

在日機轟炸下我倖免於難，已立即下了決心——投身抗日工作。兩週後便報名總部設在保山的宋希濂部的招考，我以長於寫大字獲錄取，迅速在昆明入營。三天後方換上軍裝，我大哥突入營轉告親娘在梓逝世，我一時不知所措，熱淚沾襟。沒料到我大兄那麼堅毅果斷，對我說道：「忠孝不能兩全，喪事我會料理，你就去罷！我們四兄弟，此時也該有一個為國出力。」

就這樣告別。翌日清早，便隨隊開赴保山，西行自綠豐縣起，這個五十人的愛國工作隊便開始工作。於是，自綠豐以迄保山施甸，大致所有城牆及房屋的白牆壁上，都被我寫了諸如「抗戰必勝」一類的標語。記得曾在梯子上面以手握舊衣服醮藍漆書丈許大字時，偶爾回頭見到有白發老翁拈鬍觀賞，彼此間竟閃著淚花。我深一層看到中國人心中的恨。而此時，「忠孝不能兩全」的兄長言頓使我勇氣百倍。雖是文工，當然也到過最前線慰勞將士，冒險犯難自不用說，記得曾在天未亮時登上保山邊境高山，以望遠鏡窺看敵方陣地，滾滾怒江便在眼前低處，心情亦如怒江之水，滾滾難以平靜。

隨宋總部駐保山藍圩村不久，又後撤到大理。這期間，工作重點是所謂「調查兵要後勤」。藉此機會，跑了不少惡山惡水，而耿耿於懷的是眼見一群群壯丁被綑著手，腳也由長繩綁著，數人一串，極難逃跑，都只穿短褲，臉露恐懼之色。這情景不能不使人想及更深遠的問題，戰爭要延到幾時，中國的實際損傷已如此之鉅，遠在山區的子弟一批批被送往火線。

在蒼山洱海間，我思索生命的意義，想到家國的際遇，想到學問與前途。終於那個工作隊的隊長暗示我可以請長假，別把可貴生命犧牲在如此糟蹋有用之才的歲月中。而在這段辛苦的饑飽無定的時光中，我曾問一位原是從南洋來的音樂指揮：「中國抗戰勝利後打算做什麼？」始料所未及的答案竟是：「只想回到南洋好好喝幾杯咖啡，只想在風平浪靜中活下去。」

從若干並非驚天動地的人的內心響往和疲累的情懷中，我領悟到求學向上的重要，便向軍方工作隊請長假，回到昆明充實自己，經一段時間苦讀，終考取一所專科學校。匆匆赴重慶之際，也只來得及修書一封寄給我那從十六歲起就挑起重擔的長兄。

中國有句古話，長兄如父。

建水縣世代書香的「進士」第，家父卻是一介商賈，他的子嗣來得遲慢。他在建水縣建了三進四合院給他唯一的兄長與一個弟弟，以及他們的兒女。自己帶了家小選擇在蒙自居住。大致他是箇碧石鐵路公司的股東，我六歲時曾由家父帶到碧色寨箇碧石鐵路總公司小住數日。

九歲時，家父溘然長逝，我十六歲的長兄即擔起家庭重任；他「處變不驚」，咬緊牙關，協助母親把家遷回建水老家。自此之後，他進入商界，同時養家餬口，曾經在青黃不接時，我和小一歲的弟弟，一度領略到饑餓的滋味。無論如何，長兄成了一家的定力，他以潛移默化之方影響和教導三個弟弟。在這艱苦歲月中，我被迫讀私塾，當過學徒。在出產錫礦的箇舊充當學徒期間，我頻頻噩夢，很不甘願。

知我者莫如長兄，一九四二年春天，他把我叫到昆明，相聚之期並不長久，翌年我即別他而投身抗日行列。在他眼裡，我不會安於現實，終會闖蕩江湖，而在他心中，我或許有朝一日能光宗耀祖。他既期盼我，也就隨時鼓勵我，但絕不干涉我的選擇。

一九四三年一別六年之後，從四六年的嚴冬到四七年的秋天，南京已處於一種「山雨欲來風滿樓」的氣氛中。似乎曾有一本《京陵春夢》隱約提及，而我親身經歷的情景，的確使我好好的上了一課。我長兄深明大義，示我以「冷靜」。則自己學的是東方語文，便下了「南洋喝咖啡去」的決心。

在快速通貨膨脹時期，要籌一筆旅費，煞費苦心。遠居昆明的兄長得知我已準備出國時，以手足情深，匯款接濟。「完聚之期更遠」，我長兄想的什麼，彼此心中有數。

從一九四八年到一九八二年，我未與家鄉通訊，但一九八〇年時我應好友之約，陪其赴北京弔喪，從而準備稍後回雲南與家人相聚。對我兄長來說，這是喜訊，是一別四十年手足將完聚的佳音。事前我在給他的信中寫道：「……屈指一算，您已六十六歲，家中人都好嗎？現在，除了想念你們以外，我想要張父親大人的遺像……」我無從下筆，只微微表露鄉愁，怕我長兄哭泣。事實上，我是在淚眼下狠心寫成一封不盡不實、投石問路的信。

兩月，三月，望眼欲穿，終於接到家書，我長兄這樣寫道：「……接到你的信，喜極而泣。離別四十載，沒有你的音訊，想念之情，無時或已，盼你的來信，望眼欲穿。每當攬鏡自照，看到鬢發日趨斑白之際，更是思念萬千，惟盼有生之年，手足能夠團聚。今日手捧來書，慶幸多年願望得於實現，讀之再三，不忍釋手。望吾弟能在不久之將來，回來看看，俾骨肉團聚，共敘多年離別之情……」

不知道中斷了多少次，我才看完手中的「萬金家書」；看了一遍又一遍，也讀之再三。不忍釋手，而終於哭泣起來，想到蘇武，想到李陵；蘇武的十八年畢竟沒有多久，自己當然不是李陵。是什麼？我不知道，但離家四十年而手足互不知情的滋味卻非過來人所能體會。四十年！四十年！四十年我做了些什麼？年華已悄悄從徒勞與憂慮中溜過。

一九八三年十月，我帶了一個十歲的女兒先到北京。之後，由北京乘火車到西安，自西安飛成都，再由成都坐火車經成昆鐵路到達昆明。雖刻意使回鄉之路多姿多采，讓可能的激動先經一番冷卻，但到達昆明時，依然像在夢中。大致是早上八點，排著隊，牽著孩子，拉著行李，驗了車票。才一入口，耳中聽到的盡是鄉音，不知怎麼了，眼睛不爭氣，淚珠已滾出來了。緊拉著我的手，我十歲的女兒雖聰明懂事，但她可能不解乃父為何眼淚汪汪。這時，我感受到李陵的感受，他是手摸著胡兒而感慨萬千，而我比他幸運，我居然牽著「小泰國人」走在家鄉的土地上，難以抑制的激情下，我想哭出聲來，想跪下親吻睽違四十年的鄉土，然而，眼前沒有能跪下的空間，那兒是匆匆移動的人潮，還有挽著我的手臂怕我激動的朋友；像重感冒般，我的聲音低沉而大半似從鼻孔出來。

感謝我的朋友為我安排了一切，一會兒我牽著孩子坐進一部老舊的汽車，駛進昆明市區。似曾相識的平交道迅速往後移動，近鄉情怯的思緒步步逼來，我興奮歡喜不知該如何面對，一切像在夢中，我的靈魂像在縹緲尋求真實，而此刻的真實只有緊拉著我的孩子在喚醒我，她也流著淚為我揩淚……

這段路那麼漫長，對我來說，像身在沙漠渴求水源，像漂流在大海中觸到孤舟；四十年的鄉愁，別離四十載的手足情都將展佈出驚喜，而我不能想像其激動，我脆弱的心等待命運的發落，我的身軀疲累，感情卻在噴發火焰。

汽車駛入「昆明飯店」時，我彷彿見到大門口有很多人，我方一坐在飯店大廳的沙發上，便望向門外。瞬間，服務員告以「有人來訪」，但必須我到門房去看看是不是「訪我的人」。之後是訪親人的各位出示身分證，填了表，然後我簽了名，才把姪兒、外甥以及他們的孩子們帶入飯店，從而進入房間。

「十三爺！」

姪孫喊叫我的聲音清脆而熟習，頓使我從六十年前的時光隧道中被呼喚而醒來。「十三」的排行是與大伯父及三歲家堂兄們數下來的，而我七歲時，大伯父家四歲的曾孫便以清脆的聲音喊我「十三爺！」

從一開始寫本文，我便多次因淚流難止而擱筆，故斷斷續續，但當寫到「十三爺」，我竟突然笑了起來。去年間看《雍正王朝》VCD之際，曾聽到叫「十三爺」的聲音，我曾無意中笑出聲來，「以為是在叫我」。

言歸正傳，在昆明飯店洗了一把臉後，姪兒們便帶我回家。昆明珠集街再深入的一條小巷，進入一間土厝房。方一進門便見到已分別四十多年的大嫂，我叫了一聲「十一嫂」；她鎮定中露出喜悅，眼裡閃著淚花，我心中，花容月貌的嫂子已變了老太婆。我不知怎麼了，第二句話便是：「十一哥呢？」

這瞬間，嫂嫂蹲下端詳「小老外」，問我「這是第幾個？會不會說中國話？」此際，小泰國人已作了揖，叫了「大媽媽」。那短短的時光中，我已肯定的確已回到雲南……

「十一哥呢？」

嫂嫂答：「他到菜街子去看看，一會就回來。」我望向門外，我哥已跨進門。一別四十年的手足已近在眼前，只隔著三步路……

穿透四十年的時空，這咫尺之隔那麼沉重而輕鬆飛渡，多少的思念和愛，無盡的語言與關懷都在這瞬間迸出火花。

「一赴絕國，詎相見期？」

痛快的哭泣，補償四十年離別的擁抱。一時間使坐滿小屋的所有親人流淚，而興奮歡喜之情迅速溶解了淚花的重負，增添了生命付出了艱辛與苦痛之後無以形容的滋味。

「見面了，要喜歡啊！」大嫂的聲音。

「是喜歡！是喜歡！」哥哥擦乾眼淚說。

「泰國小女孩」掌握了時機，俯下地親吻她大爹的腳，此舉竟又催出我哥的淚。我即刻告訴他，這孩子很有禮貌，泰國人以俯地頂禮，觸摸所尊敬者的足為衷心崇仰。全屋親人為之大開眼界，而我孩子此「神來之筆」竟成了我哥勞碌一生的安慰；二十年來我每想及此依然有動於心，淚盈於睫。

「黯然銷魂者，唯別而已矣！」[2]

「相見時難別亦難」，與我同行的好友深知箇中三味，在我們兄弟手足一別四十載相見歡的情緒難解難分之際，安排了一次非常有意義的石林之遊，讓我們在一個自然造化的天地中感悟蒼天的安排。

石林之旅銘刻下手足情的永恆記憶。

穿透四十年時空的激情，眼淚與歡笑，一瞬即過，而人生如旅的旅途是如此的短暫和艱辛。難道必須從時空之外去尋找依存之息處？

兩年後——一九八五年，我再經香港、北京，帶著一台電視到達雲南紅河州的箇舊縣給我大哥。在當時的箇舊，還算是很了不起的事情。哥哥的喜悅絕非那台「彩電」，而是他所寄以厚望的弟弟已稍稍具「衣錦還鄉」的意味。我曾悄悄告訴他自己兩袖清風的實情，但我哥當著眾家人高聲笑起來，說道：「都知道你是個窮光蛋，你又不是生意人，理該兩袖清風，苟非如此，我就沒有這麼自在了。」他的笑貌與一生光明磊落的人格，竟成了他最後留在我心中的不朽圖像和詩章，再一次安頓了我生命的智慧。

一九八七年秋天，我在病中接到他逝世的噩耗，我只能望著天空的白雲哭泣和思念。我唯一的安慰，是我的心裡明白，當他在一九八三年知道我還活著時，便是他一生的歡樂。我大哥雖生不逢時，卻盡了做人之道：他雖辛苦一生，但八個子女成器，而他激賞和掛念著的弟弟——我，既安分的活著，也自甘淡泊一生。

接到我大哥噩耗當夜，我無法入睡，而將其所給我的書信裝釘成冊，在扉頁上寫下：「手足情深，長系我心；此生坎坷，多思往昔」十六字放於書桌案頭。

一九八七年箇舊的一個秋天午後，少堂先生的遺體出喪，執紼人之眾多，成了「錫都」歷史罕見。這是後來，我才知道的實情。在我心中，他是一位完人，如今我之所以能心平氣和安於本分，全是受他的感召。我感謝他，也感謝上蒼。

（二〇〇一年十一月廿九日）

1 江淹〈別賦〉語。

2 江淹〈別賦〉語。

# 醉翁之意

余不善酒，但非不沾唇。有個不成習慣的愛，聞醇酒。曾湊近酒瓶聞酒，但妻說不可，因會逗口舌。既如此，便倒少許入杯，舉杯沾唇時，近乎「醉翁之意」，好香好醇。

多年前，也曾學飲啤酒，但小半杯即覺飄飄然，有點好過。服務《亞洲日報》時，將此感覺告李公侃兄，他大笑，同時說：「你現在才知道！」彼乃酒仙，言下之意是知道的太遲了。已到西天去了的劉之於先生當年與余聊天，講到和李公侃兩人共飲，均至玉山將頹時，公侃尚勉力將他扶上三輪車，送往挽叻警局安頓睡在長椅上，自個回家。多麼瀟灑的人生，余羨慕不已。酒醉的人似乎都清楚何時將倒地，故預作安排，但也有人諸事置之度外，聽之任之，唐朝詩人李白大致如此。古時詩人留下不少與酒有關的名句；流露出人生豪情，發人深思，美不勝收……

「醉臥沙場君莫笑」，王翰的〈涼州詞〉先說「葡萄美酒」。詩聯、對聯中多含對生命的敏感，攤開來往往就是一篇至情至性的散文。余少時耳濡目染，與對聯多有接觸，有的巧聯妙對無形中刻骨銘心，日積月累的雜粹，對寫雜文提供源泉，偶然「黃河之水天上來」，於是不在乎天高地厚，「舞文弄墨」。對聯，一般上都具幽默諷刺意味，有著短短數字中即豪情萬丈，或萬般無奈。昆明大觀樓有一對聯是「千秋懷抱三杯酒，萬裡雲山一水樓。」那三杯酒的內容實在太豐富，致教人聯想到什麼叫生活，而寫文章不都是寫的生活和觀察所得，古之騷人墨客無非如此。昔時蘇東坡與秦少游出遊，前者將岸上所見出聯，「醉漢騎驢，顛頭簸腦算酒帳」；秦少游亦即刻將當時所見「船公搖艣，打恭作揖討船錢」為對，成為千古「醉」、「酒」趣話。而以歇後語為聯的「君子之交淡如；醉翁之意不在」可謂妙極！

開頭時曾說，余妻謂不可湊近酒瓶聞酒，也許由其生活經驗得來。余勉強聽她，實因她比自己懂酒，其老娘原在鄉煮酒；山野之間，顧主盡是倮黑、阿卡一類喜歡飲酒而不自己釀制的逍遙人。據妻子說，有的顧主提了酒離去不一會，就又返回再買，一而再，再而三，乃致歪歪倒倒。我丈母娘心慈，往往告買酒人，路上勿喝，再來就不賣給了。中國人禮來禮往多以酒出之，「酒」即「久」也，大家歡喜，喜歡與否無關宏旨。余妻稍能飲，但她謹慎，不飲；雖不飲，卻喜歡擁有，故蝸居樓上樓下櫥中，酒的種類不少，可謂收藏頗豐。妻的概念是酒愈放久愈好，又不會壞。余深知她的打算是，日子長，炒宮保雞丁要放酒、炒薑絲雞塊要放酒，扣肉要酒。似乎愈是醇酒好酒，菜的色、味、香皆能更上層樓。

在余所認識或擁有的有限酒類中，不知什麼原因，鄙人特別喜歡紹興花彫和四川五糧液。據說，少飲有益心臟，然余有心臟病十餘年，知不勝酒力，即使想嘗，僅倒幾十滴桂花酒沾沾唇。聊勝於無，聊以自慰。

中國的酒文化歷史悠久，中華民族不但善釀，更能發揮酒文化的藝術，詩與酒相連，其他文藝作品亦都不時與酒有關，那怕祇是意思意思。說「酒逢知己飲」、「大碗喝酒大塊吃肉」之際，並非一定要有酒有肉，會意就是了。酒樓、酒店，三級、四級或五星級酒店固然有酒，光顧者可意不在酒。可見酒也者，可認真，也可根本沒那麼回事。

酒既如此的可資招徠，可深可淺。則有人把散文比為醇酒；或有深意在焉。人，也許可在某些方面把生活「散文化」，讓生命化為「散文」。蓋散文少有羈絆，輕鬆瀟洒，無掛無牽，可以任意「出位」，近乎「雲無心以出岫」的境界，如優閒漫步於綠茵草場。

關於散文的名家論述不少，已記不清楚是誰說的，誰先說誰後說，誰補充；有些看法應是「君子之見略同」，你有之，我亦有之，這都無關緊要。往往有時候，一篇能敲擊讀者心靈的好文章，並不一定出自名家。當然，之所以是名家，定有其精品，而許多傳世之作，也往往出自激情或偶然，像〈滕王閣序〉、〈岳陽樓記〉、〈祭十二郎文〉乃至朱自清的〈背影〉等等固不用說，沈三白的《浮生六記》傳世，提供了很重要的一個參考，即「至情至性」，它是作者的生命歷程及真實生活寫照。

以散文比醇酒，當然祇是意境的比喻。好的散文確乎能引人如入品醇酒的精神境界。紹興也好，花彫尤妙，桂花酒香而甜，四川的五糧液則是純然的酒之醇。前此余曾構想過以

「釀一罐五糧液」為散文題，但自己根本不懂如何釀酒，絕對釀不出酒，故不敢貿然動筆。然而，在下雖不會釀，釀不出，卻仍夢想有朝一日釀著五糧液。寄此《湄南河副刊》多多擺出「花彫」、「五糧液」來，讓大家共享品嘗。

「醉翁之意不在酒」，在乎「散文」之間。

（一九九九年九月廿六日）

# 老鷹

雲南省蒙自縣有一個地方叫「碧色寨」，顧名思義，這地方是綠的。碧色寨因「箇碧石鐵路」而受世人注意；這條小鐵路，從出產錫的箇舊經碧色寨而至石屏縣，當然可以載客。雲南最早的也是最有名的鐵路，是法國人修築的「滇越鐵路」，一九一〇年一月通車，總站在昆明市南區盤龍江畔，直通河口，再與「東京鐵路」啣接，可逕通至越南的「海防」，全長九百四十華裡；碧色寨是必經之地。「箇碧石鐵路」之修築，其目的是把錫礦自箇舊運到碧色寨，再搬上滇越火車運往外國；在這種關係下，碧色寨由一個寨而名冠滇南，一度是許多人嚮往的地方。

六歲時，我曾由父親帶到碧色寨小住了一段時間，就住在「箇碧石鐵路公司」裡。印象中，太遼闊太寬廣了，佔了一連山；父親大致也是股東，之所以帶個小孩去那兒，我想是因自己在外貌上看來還頗聰明，老人帶著他心愛的「小犬」去見見朋友是件樂事。

寂寞空曠的公司裡，只有另一名小女孩，大致也是由乃父帶去展示的。那個似乎大而無當的公司裡，工人與廚子把光臨那兒小住的小孩當為稀客，有空就帶我們到山坡上去見識在城市裡所看不到的東西，如野雞、野兔之類；當然也有他們養的家雞，但都不必供給飼料，大群的雞在綠野間找小蟲自肥，小雞兒不斷出現，世代相傳；還有貓，也是自己找食，傳宗接代。

在這碧色的山坡草地上，我總喜歡躺著仰望藍天白雲，朵朵白雲慢慢的移動；白云與青天間，只有鷹傲然自在的飛翔，雲南人稱鷹為「老鷹」而不叫「蒼鷹」，聽遠方來的人說「蒼鷹」，雲南人會以為是「蒼蠅」。

碧色寨的天空是老鷹的世界，牠們自由自在目空一切的悠然飛翔，銳利的眼睛盯住生命的幽深……。我羨慕牠們活的境界無限遼闊，許多時候天空的飛鷹像動也不動，兩翅的五條長毛像兩隻張開的手掌；我幼小的心靈並沒有想到牠們飛翔有什麼目的，似乎只為欣賞綠色的原野而飛，為舒服自在而飛。不久，終於我「發現」老鷹漸漸的接近大地，牠似在尋找什麼，而冷不防迅速滑翔俯衝而下，一隻小動物霎時被牠兩隻利爪抓緊，一飛沖天而去；觸目驚心的是，我們眼中正瞧著的小雞兒也竟不時慘叫著騰空遠去，只見那慌亂的母雞傷心地撲打翅膀，恨不得飛起來去搶救牠的小兒。但經驗告訴牠實在飛不起來，而更切要的是「亡羊補牢」，牠得趕快提防慘劇重演，咯咯叫著把其他雞兒帶到安全地帶。

真是生命的慘劇，為了尋食，生活在碧色寨山坡的母雞一生中總得一而再、再而三的「柔腸寸斷」，致習以為常。

連續眼見這種「弱肉強食」的悲劇上演，幼小的心靈開始感到老鷹很殘忍，然而幾乎就在這段不尋常的旅行期間，鐵路公司的射擊能手不斷的獵獲獐子、野豬、野兔甚至小黑熊，而且燒煮出非常可口的美味。由於享受美味，漸漸的，也不知從何時起，視老鷹為殘忍之心也就不知不覺淡忘下來，見怪不怪，甚且視之為一種帶有刺激性的娛樂，老鷹的狡猾機動常出人的意料，其他小動物自非其敵手。

記得是在一個稍帶寒意的早晨，幾個人到山坡草地去曬太陽，不一會一頭單槍匹馬的老鷹目中無人地出現在空中向綠地審視，牠從容地向地面滑翔，那姿態鎮定而優美，有一種英武氣概。這時，地面上的母雞已急急忙忙呼叫牠們的孩子，情勢顯得緊張和荒亂。

完全出乎「觀眾」的想像，老鷹一個閃電俯沖，公司旁貓屋附近，一隻小貓一聲慘叫，殺戮者尚來不及帶著獵物起飛，突然之間不知從何處縱出一隻強壯黑貓及時與尚未離地的老鷹展開猛烈戰鬥，雙方彼此抓緊，翻來滾去，黑貓終於咬著老鷹翅膀不放，四爪進行撕抓，老鷹的羽毛片片脫落，三番兩次扭打翻滾，黑貓終於放鬆了口。老鷹受重傷的翅膀血灑綠野，黑貓遠來不及咬第二口，一隻眼珠霎時被老鷹犀利的勾嘴啄瞎了，黑貓大致疼痛不支，立即放棄戰鬥回頭尋找牠的孩子，但小貓咪已奄奄一息，無生還希望。

「觀眾」的視線集中盯住受了傷的老鷹。

罪有應得，也好可憐，老鷹作多次努力，都無法振翼而飛，終於張著嘴求絕處逢生之路，牠走進一叢矮樹中，休養生息。……

這之後兩三天，都有別的老鷹在天空盤旋，誰也不知道是傷鷹的妻子還是丈夫；像在尋找，也或許是在憑弔，因為牠們定然看到綠野上的片片羽毛，無異殺戮者終結的訊息。

那頭飛不起的老鷹，最後死在矮樹叢中，可見多狡猾的殺戮者也有「陰溝裡翻船」的時候，而那隻為搶救孩子而拚搏的黑貓從此少了一顆眼珠。

離開碧色寨之後，我有了「弱肉強食」的實例向同年朋友們生動的敘述。也就因此，我一直難忘老鷹傲然自若而從容的英武儀態，一動一靜，都大方瀟灑，而且獨來獨往。

數十年來，我的居處都有「鷹」的點輟；前不久有一張徐世昌所繪的鷹，但因畫間有汙漬，心裡不喜歡，轉讓出手。現在蝸居中還掛著一張吳作人畫的鷹，牠提高警覺息在一根石椿上，似振翼欲飛前夕的姿態，迎著四面的風，小心翼翼籌謀著將往何處？另一隻天然生成的鐘乳石鷹，一尺高，方息下來的模樣，配了很結實的根雕架。此石擺設在一進屋便見到的櫥上，栩栩如生，怡然瀟灑，我很喜歡；相信是舉世無雙的一塊奇石。

上月間，一對好友夫婦方一進門，女客便和我說：「老張說，如果真有輪迴，下一世他要做鷹！」我忙接口道：「自由自在，天空任翺翔，做鷹不錯啊！」

（一九九九年四月廿七日）

# 懺悔



凡是動物皆有天賦的本能求生，而且兢兢業業於延續其生命，傳種接代便是延續生命另一理想層次。人因為有思想，在面對生命之終始幾乎一無所知的情境下，故對同類的痛苦遭遇發生惻隱之心。惻隱之心應該是宗教思想的源頭，這種情感隱藏的最深而又最易覺察的乃是懺悔；唯有懺悔是作為一個人良心底贖罪情感，一個人如果執迷於不肯贖罪，不知懺悔，則與禽獸無異。

談到懺悔，近日有一則新聞令我非常動心。一九四三年被派到泰國北碧府來為日軍充通譯的長瀨，因當時眼見日軍之殘暴，大戰結束後，他以懺悔贖罪之心，已前來「死亡鐵路」六十多次；他每次都帶來援助和一般日本人很少為他們過去暴行所流露的淚水。他說：「我決心批判自己，對戰時我們從事的罪行贖罪，我必須盡一生之力來作。」

當站在盟軍墓地的一個十字架前，他感到一股神祕的解脫力量，覺得自己已被原諒。筆者前此曾寫過一篇題為「六千九百八十二」的短文，說的就是長瀨先生所到之處，文中曾提到，至今仍有從遙遠的國度前來憑弔的父母，他們熱淚盈眶，獻上鮮花，蹲下撫摸那塊標誌著親生骨肉生辰與姓名的碑記……

我只到過那兒一次，但悽涼的景象使我永難忘懷。因此，我很欣賞長瀨先生。一九八六年時他在「桂河橋」旁建造了一小所「和平廟」。新聞說，坐在廟中台階上的長瀨表示。「坦白地說，我愈來愈不喜歡我的國家，我希望死在這兒。」當談到一個七十三歲的日本知識份子，講出如此高尚無私的良心話時，我為之動心垂淚。我以為，日本人應該感謝他，應該因他的思想行為而稍稍自覺慚愧。

長瀨先生的談話中，有一段應使中國人好好記下，他對當時充當苦力的那些馬來、印度、中國、印尼和緬甸人民最感到抱歉，因為那些西方戰俘所受的痛苦皆已入了史籍，但亞洲人所受的悲痛，已大都為世人忘記。

本文因寫懺悔，信手拈來舉出上例。言歸正傳，贖罪心理或懺悔畢竟是一種高尚情操。我家附近也住著一位東洋老頭，快八十歲了，天天早起向托缽的和尚頂禮，脫去鞋子，雙手合十，獻上食品，風雨無阻。他雖不曾公開說不是日本人，但總說他是泰國人。大家都知道他在贖罪，但沒有人想追問他究竟作過什麼惡？見他那樣虔誠，我多望了竟會流淚。畢竟懺悔也還能多少洗滌罪過，宗教家的銳利智慧大致早已掌握到一個人的良心力量，佛陀的最大真理發現，便是其一己經驗之所得，知逃世易逃我難！

（一九九〇年一月八日）

# 飲泣

從來沒有改變，我總在旭日昇起前漫步到崙披尼公園。不知從什麼時候起始，中國人稱呼這兒為「是樂園」；一直到現在，四十多年來我不曾詢問或研究考據這譯名是憑據什麼來了？無論如何，是樂園也好，萱崙披尼也好，在我印象中都是美好的，何況它離我的蝸居很近，祇須十多分鐘，我便置身綠意之中呼吸著清新的空氣。

天方亮，公園裡所有的電燈霎時熄滅。沒有了電燈刺眼的光亮後，柔和帶霧，見得到樹，看得清清楚楚的草地彷彿更生動。這之前，這片自然被一層燈光監視著；電燈光閉下眼睛，整片綠的世界開始接受來客檢閱，再過一會兒，又將置於陽光的洗禮。

這兒有限的蟬聲總在電燈休息後剎那悄然停止，類乎牠們預知涼意快將消失。蟬聲停，鳥兒歡躍的啼鳴輕巧地代之而起。兩種聲音的交接近於天衣無縫；牠們似有默契，甚至或許有過商量。……

當我還正血氣方剛時，還熱情如火時，開始懷抱國家社會的命運時；我去國來此。那時，我就曾經漫步這被稱之為「是樂園」的蔓草中，摸著衣袋中有限的錢文，想著長遠的日子。才一轉眼，如今，漫步在異國公園中，語言中帶了這兒的許多喜怒哀樂，自己本來的家國類乎已經非常遙遠；一個白髮蒼蒼的人，對曾經依戀了這麼長遠日子的萱崙披尼，淡淡中涼情難移，與其中的一草一木皆有默契。我曾經是意志如鋼的人，終於，我曾經不知多少次在這兒為家國傷心，揮淚時家國的景象一幕幕飛過腦際，人的聚散與生的短暫侵襲肺腑。近些年來，常有知心的良師益友傳達關懷，勸不要過於悲觀。我因而自問是否對世事消沉？但怎樣也找不出可喜的答案；相反，我對人與事的認真依然熱情如火，動情皆因對光的敏感，黑與白，就像盲者與睜著眼睛的人對一切係兩種絕不相同的感受。

這綠色的公園中，每天清晨都有很多人來漫步，運動或展喉高歌。每天我打道回府時，背上與前額，稍有汗水，腳腿有點酸，步履遲慢。步履慢下來，似乎還另有原因，陽光正好；好到足以使一切生物甦醒，四週許多稍為光亮的東西都放射出反光來。這是一個光亮的世界，五顏六色，紅男綠女，清楚映入眼簾。眼睛對作為一個人的享受與幸福是多麼的重要，要是瞎了眼睛，這光亮的世界便一片漆黑。

公園大門口，就常有盲人樂隊獻藝。他們多半不清楚身處的位置，也不清楚出進的是些什麼樣的同類，大致也不十分清楚其自身的形象，甚至展喉高歌時的面目美醜？

事實上，來往的人並不怎樣關心他和她們的歌聲如何，也並不顧欣賞歌者的表情與風度。一些人視而不見，一些人心有不忍而施捨了袋中硬幣。少數的人因頓生惻隱之心而抛出鈔票，十銖廿銖不等。

獻藝的盲人樂隊不時更換，這隊去那隊來，一週或十天不等。他們非常認真、敬業，讓歌聲裝點世界人生，但來往行人似乎極少關懷這些細節與演變。我發現，人生社會中，真的是處處有情，也處處無情。可悲的是，有情與無情在許多時同處一個天地，但彼此咫尺天涯，各有天地。

去年春天，有位專唱平克勞斯貝老歌曲的男低音，一度使許多老人駐足聆聽。不知什麼時候，他沒來了。上個週末，當我回程時，耳中聽到一種悲切而淒酸的女中音；泰國的歌曲與舞蹈都具有著類乎糾纏不清之美，其感人處含著一種教人必須看下去聽下去的力量。我雖不願身處在悲戚的感覺中，這次我終於駐足欣賞，因為我稍稍懂得其所唱歌曲的內容，而她也許並不明白其自身所墜入的痛苦深淵；類乎幾何級數的悲哀一陣陣壓在我心上，雖她凹陷的兩眼再沒有眼淚落下，我卻熱淚盈腮，終於反身靠在附近牆邊飲泣；我並不羞慚自己如此不能抑制，我想著一個我所不解的問題，蒼天何其不仁！

在我意識中，她歌的內容是：

你終於永別，
此後我生以為誰？
我再無法

使你睜開兩眼；
那愛的時光
不復回頭，
沒有你相依偎，
活著已無味。

緊閉著雙眼的歌者，她也許不知道所吐出的哀豔纏綿；我之所以飲泣，正因她是盲人。

歸途中，我想著光明與黑暗；想著這兩者中之差別，想著禪意中之「燭照」。燭照方能見裡程；在黑暗中，最短的裡程也漫無止境……

（一九九八年五月十一日）

# 進出監獄之門



每當我因事經過輕罪監獄，看到那道大鐵門，就得想及四年多前我「進去出來」的一小段事：那大鐵門可能令任何進出的人「刻骨銘心」。對我來說，當時能夠如願以償一進一出完成一件工作，的確快樂非常；我常常想起那件事來，乃是因為我自己引以為很有意思，事實上的確是有意思的。

日期已記不起，總而言之在一九六六年期間，當我從一位仁慈的潮州老太婆口裡知道有三位同鄉因「非法入境」罪繫獄已兩年多後，便開始打聽探監的手續。到輕罪獄看「犯人」的手續並不困難，只須填一張簡單的表，包括彼此的姓名及關係，去看者的住址，便可如願以償。如果帶了什麼吃的或用的東西，例如粿條鹹蛋，牙膏肥皂之類，必須先交管理人，由管理人檢查後再轉給「犯人」。探望繫獄者有一定的時間，譬如每週二上午九至十二可以探望男犯，每週四上午九點到十二點可以探望女犯。大致探望一個人，前前後後要花兩小時時間；彼此談話的時間似乎是一刻鐘左右。

輕罪監獄的探望等候場地與辦事處，以及會晤走廊熱鬧極了，探望者與「犯人」相隔著兩碼距離，因為人多，聚蚊成雷，說話就必須大聲，但人人都大聲了之後，效果等於零，結果許多人便提高嗓子，大喊大叫。那情景，令人覺得彼此間的相隔並不僅止於兩重鐵絲網；令人覺得一旦失去自由時處境之不尋常。

我所探望的對象是兩男一女，其中有一對夫婦；那對夫婦雖同系一獄卻彼此不得相見。奇怪的是後來我知道他們二人還有一個未滿一歲的小女孩，據說是在獄中出世的。當時我推想，他倆於入監獄時可能有單獨相處一室的機會，否則怎會有「愛情結晶」？當然，那小女孩沒有什麼罪，只不過選錯了出世的時間和地點。無論如何她不但在監獄中出世，而且竟生活在其中將近一年。我想，誰也一樣，都會覺得那小生命真是太可憐了，然而她自己那會曉得。我曾為那小生命的坎坷命運苦惱過，後來想到柏拉圖說過的一句話，「視域所及的世界就是監獄」，情感才得到平靜，為那小生命暫時安下心來。是啊！對於一個未及週歲的小孩，她媽媽的懷抱就是天地，在華爾道夫旅店出生與在垃圾坑裡出生實際是一樣的，如果有母奶吃，能影響一個嬰兒的祇是環境衛生問題，稍大以後才有教育的問題，那出世不久的小生命，其視線所及無非是其媽咪，那是愛的一切之所在。

隔兩碼距離及兩重鐵絲網，我兩次看到那女孩，雖蒼白，但不怎麼瘦弱。後來那女孩的父親向我建議，請設法把那孩子領出，因為外面的環境總比裡面好些，他說曾經寫信給她妻子，要她同意，也得到她妻子的回信，說必須與我再會晤一次才作決定。不久，我又見到那兩母女。那女孩的母親教她女兒「沙越裡」，教她女兒稱我老伯，同時她問我，孩子帶出去是不是好，帶出去後放在什麼地方？我告訴她「托兒所」。那婦人表示同意她丈夫的主張，之後一再的拜託致謝。我答應設法，不曾考慮其他。

申請領出獄中小孩並不困難，最主要的是須孩子的父母同意，我的申請速迅獲得批准，在辦手續期間，我的所費祇是動手簽了名字。一切妥當之後，管理人通知我從大鐵門進去，便可抱出那女孩，泰國警務的進步由此可見。我心中無限愉快，謝了又謝那些好心的警官警員，而且即刻走出那間警務所，奔向監獄大鐵門。

那大鐵門下面有一道小門，門外不見有什麼警衛，我推開伸進頭去，立刻和所看到的一位公務人員說明來意，他叫我進去，並指指那木椅要我坐下，覺得身有涼意；一想身已在監獄門裡面，機會難得，起身四望，但那兒沒有甚麼，再抬頭看，屋頂很高很高，這剎那，既然沒有什麼可看可說，手立刻伸入衣袋摸出香煙，點上火，同時腦裡開始胡思亂想，當然有趣的成份居多。記得當時我腦裡曾飛快的想，如果那扇小鐵門砰的一關死，進去的那位兄台再不出來，豈不倒楣？我的胡思亂想未盡，方才那位兄台走了出來，說要我隨他進去。於是我再深入一大間空屋，屋頂很高，兩面是鐵欄，鐵欄是通到頂的。這時，一位穿制服的女士走近鐵欄，問我姓名。我答，同時走向她。相隔著鐵條，我和那位女士對話的地方有一個小窗。這時，我又在兩張表冊上簽了名，名簽完，那位女士便招手叫來那倆母女。

下面是那位頗為理智的婦人的話。

「某先生，這孩子就交給你家了，你家要是方便，請費心帶給她爸看看，因為自從生下來，她爸還沒有看過；以後要是可能，也請帶來給我看看……」

話方說完，那位女士要她交下孩子。

不知道為什麼，那女孩怎樣也不肯離開她媽，她抓著她媽的衣服哭喊。生離死別，哭聲和眼淚令人心酸，這時，我見那婦人雖流眼淚，卻把她的心肝從懷裡拉出，連同一個紙袋交給那位管監的女士；女士另開開一道小鐵門把孩子和紙袋交給我。我剛剛接過，已見那婦人哭著回頭跑了，我不由自主，流下眼淚。

我就要把那女孩抱出那道大鐵門，從監獄中抱出來，可是她不知道，她大哭大叫，亂打亂踢，她似在抗議把她從母親的懷抱中拉走。這時我的思緒有點痛苦，我懷疑把這孩子帶出監獄的事是否得當？然而無論如何當時已不能再把孩子還回，所以抱緊她走出監獄門，我清楚的聽見，那扇小鐵門砰的響了一下，不由回頭再看了看。

（一九六八年二月二日）

「桂河橋」三個字充滿文藝氣息，也帶著詩情畫意，這座橋位於「死亡鐵路」跨越桂河一段，鐵路之所以與「死亡」相連，可想而知其來歷必不簡單。因此之故，美國好萊塢拍了一部電影，由大衛尼雲主演，他因此得了金像獎，「桂河橋」則因這部電影而名揚世界。

「死亡鐵路」成了戰爭殘酷的教訓，創痕與懲罰。當然，時過境遷，當年的「屠場」變成今日觀光旅遊景點，真的是「滄海桑田」了……

這條與侵略野心分不開的鐵路，開工於一九四三年，至今已五十七載，全長僅二百五十七公里。為了築這條通往緬甸的鐵路，在日軍的皮鞭和刺刀下犧牲了一萬六千個人的寶貴生命；當時日軍動員了二十萬盟軍戰俘，十萬泰國勞工日夜趕築，其地成了人間地獄，慘不堪言。

多年前筆者曾偕家人乘火車越過這座橋，憑吊這條染滿血腥的路。大致因筆者自身的人生路不是康莊，竟在這段兩旁險峻，風光秀美的火車道上滴下眼淚；「路漫漫兮修遠」，憑弔時難以抑制的悲情至今仍縈繞於懷。

也就在這片曾經悲泣的環境，有一片「盟軍墳場」，那兒刻著六千九百八十二個青年人的名字。所謂墳場，實際只是死亡者的「碑記」——大理石雕的小方塊，裡面或許放著骨灰，其後面立著一支十字架，排列整齊，環境清幽，綠草配著各色鮮花，靜寂的空間裡，有蝴蝶蹁躚，天空白雲朵朵，想到那一大群曾經在人間走過而年輕輕就被戰爭奪走生命，所留下的，再你是鐵石心腸，當你漫步其間時，無論認真與不認真，有意與無意，死者的年齡多係二十二、三，定能觸動因你是血肉之軀良心和情感；躺著的都是在最美好的年華遠離父母，在絕不甘願的痛苦中永離人世。

許多許多年前，報紙曾有過這樣一段報導：「在六千多位有名有姓的犧牲者中，少數的其父母尚活在人間，他們有的尚每年從遙遠的國度——英國、美國或澳洲飛來憑弔，白髮蒼蒼，灑下熱淚，擺上鮮花，蹲下來撫摩那塊標誌著親骨肉生辰與姓名的碑記，情景淒涼！」

有意思的是，一些日籍觀光客也很喜歡到來憑弔，有的老頭兒或白發婆婆曾在此泣不成聲。誰無父母，誰無兒女，身臨其境，能不有動乎哀！筆者也曾親眼見到，青年男女多匆匆忙忙拍照而去，日籍青年男女自然也不例外。當然誰也不知道他們有什麼想法，其中是否會有人因此而感到羞恥與抱歉。

筆者寫這篇「老掉牙」的回憶文章，其靈感來自一位高齡九十的韓國老頭，他是我的鄰居，小巷中人都叫他金老頭。金老頭能寫漢字，但不會講中國話，泰語也說不好。一年中他總有好幾次慎重其事的蒞臨蝸居拜訪，隨身帶著紙筆與鄙人展開「筆談」，入門之前渠必行禮如儀，只說：「中國話不會。」

這韓國老頭每年都要去北碧一趟，其泰國夫人也稱「不知他去幹什麼？」但從許多片段，筆者大致有這麼個猜想，他五十多年前可能在日軍部隊當軍需官，親眼見過日軍暴行，再因韓國人曾在日本軍鐵蹄下生活過，恨之入骨。而他之所以在泰國留下，甚且慈悲為懷，過淡泊寧靜的生活，其原因和背景絕不簡單。我曾多次見他一清早對僧人施捨的虔誠，每逢托缽者念念有詞為他「祝福」時，老人淚光閃爍，微微一再鞠躬。

沒有人知道他更詳細的來龍去脈，祇知道他很富有，但過的是儉樸生活，對貧窮則默默施捨，把小鈔給乞丐時行動俐落迅速，受益者會不知錢鈔何時掉到手裡。

金老頭最近北碧去來，也曾拜訪過筆者，他開頭在紙上寫：「台端康泰否？」整整半小時的筆談，他的概念是：「侵略者曾在佛國留下血跡，二十世紀四十年代是『戰爭與和平』的時光，千千萬萬的人變成白骨；現在戰爭陰影下活下來的人都是倖存者。余每年須到北碧小住，讓靈魂洗個澡，余既憑弔又謝恩，憑弔在那裡閉下眼睛的生命，同時感謝這豐富的戰爭歷史遺跡，使余不忘活著是何等的幸運！而我剩餘的時光，將盡所能做點有益於他人的事情。」

金老頭似乎無法表達全部心意，筆者則以「鄙人明白閣下的意思」為答。韓國人再寫道：「有心思，有意思，就是意思！」

臨別時，他再寫一句：「深望閣下也能常到那地方一遊。明年余做東，我們去見證時間走過的滄桑，肯定活著的意義！」

（一九九〇年八月十八日）

# 未完成的作品

香山紅葉與棲霞紅葉是兩個樣子，香山紅葉是小圓小圓的，隨手扯下一枝，總有十多片足堪紀念的紅葉；我照像機袋中那些乾枯了已經變色的「紅葉」，就是她隨手摘下裝進去的。開始登香山時，還看不到多廣闊的紅葉世界，但登上山腰往下望，可美極了！滿山都是紅葉，紅葉，紅葉把原是充滿綠意的山變了原形。

在香山坡道上，在紅葉叢中，我是推著輪椅前行。這就是我看到那幾片枯葉時落淚的原因，我推著的輪椅上的她，就是五十年前與我攜手奔跑在棲霞山道上的她——一面笑一面跑的她。

就是這麼幾片枯乾了的「紅葉」，勾起了我無限的遐思，無限的感慨……

有一次，她在信中說，在清早的烏魯木齊的陽光下，曾從書中拿起一片枯乾紅葉在遐思，以老花眼鏡看那些枯葉，終於好像追尋到過去的日子，能自由自在奔跑跳躍的時光。她說坐輪椅戴老花眼鏡而白發蒼蒼的景象，正與一幅《枯樹寒鴉瘦馬》圖相似。多淒涼的景象，然而卻是愛情的老酒，經時愈久愈醇的心中老酒。

一點不假，愛情的老酒。

一點不假，我推著坐在輪椅中的她上香山，一步一步的推，汗流浹背。幸好有三兩朋友伸援手，大家使力推，終於進入那所中西合璧的「香山飯店」，進入大廳之後，右邊豎立著一幅畫，大家都看不出是個什麼名堂。這時輪椅上的她說，那是趙無極的傑作，畫的是若有若無，若隱若現，是跳躍與顫動，是生命的旋律。是一幅印象派但卻還沒有完成的畫，因此之故，難怪還看不出它的美之所在，這是「未完成的作品」……

當我看著枯乾了的「紅葉」時，我突然醒悟，其實人生也就只是「未完成的作品」。我寧願永遠生活在未完成的意念中，寧願人生永遠是「未完成的作品」。

許多時候，我總陷入一僭遐想的情境中。這時，孩子會非常關心的問在想什麼？而我總說沒有什麼。其實，這是我的一點享受，我常想一度從裝像機的小布袋中發現的十多片香山紅葉，因為被壓在照像機下面，已經變色，變成帶黑的紫色，乾枯了。雖這麼個乾枯面目，總得仍稱之為「紅葉」，紅與不紅已不關緊要……

就這幾片枯乾了的葉子，常激起我思維中最富詩意和最美的記憶浪花，勾起我對於帶有戲劇性的生之感慨，特別是有感於這個人與人間彼此在某些重大問題上之冷淡無情；在這種情形下，我想呼喚，想尋找共鳴。

似乎把情感的波折用理智來衡量分析並非易事，於是我曾經想到，我與她之間的處境，已祇能稱之為「老朋友」。在別人看來，大致就類乎枯乾了的紅葉，除了它曾經是

「紅葉」外，既不紅，也不綠，還有什麼意義呢？無限深遠的人生意義，已只能從遐想中尋找。

紅葉多美啊！半個世紀前，我與她曾登棲霞山看楓葉；經過四十年後，我與她又曾登上香山賞紅葉！就這些記憶，常驅使我止不住眼淚延腮而下。就這時刻，我也終於兩眼模糊難以繼續疾書，我得擦乾不請自來的淚水，鼓勇接下去。該是枯乾了的紅葉的客觀景色與主觀歷史背境之大異其趣。啊！我又鼻酸了，這成什麼話？有什麼用？一個固執起來能夠把生命置之度外，甚至對生死的威脅曾經視若無睹的白發老頭，竟會在這剪不斷的情感的糾纏上，對這超過一個花甲的愛情醇酒飄飄然之際，特別清醒起來，之餘，復老淚縱橫；然而卻非悲酸而是好受。

她必能也還記得起棲霞山的紅葉是「楓葉」，大片人片，形如手掌。當棲霞山被染紅了時，我曾和她穿梭在楓葉樹叢中，攜手走在山坡小徑，地上枯葉嘩嘩作響，紅葉在頭頂上隨風搖動。就在那些如夢的時刻，思想中的未來已被織成錦繡，雖不怎麼具體，但並不帶任何人生的苦澀，因為現實是無憂無懼的日子，是愛戀中的旋律躍動。

（二〇〇一年九月十八日）

# 熱淚灑熱河——遊「避暑山莊」有感

金秋十月，古幽州的早晨依然寒風刺骨。天亮不久，我這個對什麼都有興趣的「華僑」便搭上朋友準備的轎車，離開華僑飯店，從東北方向駛去。心中想著一個「避暑山莊」，肩上背負著東洋人曾經踐踏在那兒任所欲為，極之不平氣的包袱，眼中所見與腦中思緒之運轉，不時滿眶熱淚。一路上，黃沙飛揚，騾馬拖著滿載貨物的木輪車，小毛驢馱著大袋小袋。這就是黃土地上的呼吸……

小汽車經過的若干鄉下，人們視若無睹並不讓路，任你喇叭價響，總無動於衷。我開玩笑地說：「看呀！大國民的風度。」同車的老河北人也無法結論，為何行人不肯讓道給車子順暢通過？

薊縣道邊土牆上，還看得見斗大的「共產主義萬歲」紅字。既是口號，萬歲也好，多少歲都好，反正人們已是視而不見。我腦中想的，卻是這薊縣可能才是最古老的北京城。街邊油條，一條幾乎尺許，還有油炸大圓圈，都是配豆漿或稀飯吃的，因腹中有幾分飢餓，反覺得那些油炸麵食非常可愛。

一會兒，汽車進入一叢樹林中，車子不但停下讓大家方便，朋友甚且從車後搬出汽水和吃的東西，早餐。邊吃間，遠處望去，木牌寫著「三叉口」字樣，被稱之為「師傅」的司機說，此去前面就快到「古北口」了。「古北口」這個地名，頓時使我感慨萬千，而且竟想起了昔時的楊家將，也想起日本人，想起「喜峰口」以及連帶的許多許多的問題，眼淚頓時盈眶，艾青的詩句閃過腦際：「為什麼我的眼裡常含淚水？因為我對這大地愛得深沉……」

「古北口」兩崖壁立，僅通一車，地當「喜峰口」入境之沖，其右為「八達嶺」；「喜峰口」在左面，喜峰口再下去便是「山海關」。清時有直隸提督駐守，出「古北口」便是熱河，原屬內蒙，再古為東胡之地。到此，我提議下車憑弔一番，留影為念。出了「古北口」便是到了關外，也就是從前的熱河。想來並非心理作用，一出關，樹葉的綠意便淡下來，黃色的感覺襲上心頭；水更冷，草更枯，風沙也更大了。

興奮使身體不覺疲勞，也忘記又過了進餐的時間，開車師傅提議，趕到「承德」再吃飯吧！同時強調，承德有什麼什麼好吃；羊肉炒什麼什麼可口。望梅可也止渴，談羊肉炒大蒜、大蔥，反使肚子更餓起來，真有點又冷、又餓，但卻都不反對；反正到了承德定有吃的便了。

「承德」，吹毛求疵，該說這地名頗為「封建」。中共當年曾經把許多被認為帶有「封建色彩」的地方名改掉，例如我家鄉附近的「鎮南關」改為「友誼關」；時隔若干年，「友誼關」外便又發生了「教訓」的慘烈戰事；因而有人說，要再搬出「鎮南關」老名，便又顯得小器了。

承德在我眼中很樸實，大致這些年來遊人太多，當地人見怪不怪，所想的是多賺幾個遊客的錢。滄海桑田，我想著，一個花甲年華的人如果一直生活在承德，他該是怎麼想的；日本人來過了，擄走了；什麼黨來過了，什麼軍來過了；「避暑山莊」的寶藏完了，連牆上的佛都被搶走。現在，遊人又大批大批的來了，而且許多淡而無味的問題，竟還津津有味的被詢問著，彷彿這東胡之地已經換了多少個朝代；還連日本遊客也都來細細觀察，山莊外八廟某些處牆上，一個洞一個洞，洞中金佛是被他們的同胞盜走的。來來往往的遊客，細聲的談論著，但似乎很少聽到對強盜行為不齒之指責。

「避暑山莊」，一眼望去，祇有「古色古香」一語似乎最為恰當，紅圍牆那麼矮，那麼紅，門外石獅那麼一幅和睦像。在山莊大門附近，就有三幾起賣「上水石」攤子，叫價不高，但那些石頭多經人工改變了形狀，真正的愛石之人已經看不上眼。

在我印象中，不求甚解，總覺得乃是康熙乾隆在熱河建一個江南風景區吧了。實際上，問題卻不這麼簡單，具有古典之美，帶有宗教嚴肅氣氛之外，連帶著整個格調的是政治，是統治術。因而人們應從「避暑山莊」把視野擴大到一般所稱的外八廟。

據嚮導說，避暑山莊大部份完成於康熙時代，外八廟絕大部份完成於乾隆時代。基於政治的理由，乾隆非常重視喇叭教，他曾說：「興黃教，即所以安眾蒙古；所繫非小，故不可不保護之。」在當時，外八廟之營建，先後達六十七載，費用浩大。其中如「須稱福壽」

之廟的鎏金銅瓦，就用了「頭等鍍金葉」一萬五千四百卅兩；加「普陀宗乘」之廟的鎏金銅瓦，共用黃金達三萬兩。

細細的觀察，外八廟與避暑山莊有密切的配合。陳正祥先生在「串城記」中寫道：「……分別來說，每個寺廟皆能善於利用地形，匠心獨運，選擇向陽之處，坐落風景優美之點。各廟之間，又能相互因借，互通氣息，巧妙地應用周圍天然美，創造多姿多彩的景觀。此等寺廟，宛如眾星拱月，作到了和避暑山莊交相輝映；從各個寺廟可瞭望避暑山莊，從避暑山莊也能觀賞所有寺廟；把山莊內外，結成一片美得不可分割的整體。……。」

雖係乘車遊覽，每個廟走馬看花的進去走走，皆爬高的地方也勉力以赴，依然未能在一天之內走完全景，必須回到旅社「充電」，俟吃夠睡足，養好精神繼續奮鬥。

第二天起來，進的是西餐。由於天涼，用刀切牛油也頗費周章，麵包是僵硬的，幾乎像石頭一樣；雞蛋當然冰冷，祇咖啡和茶還有點微溫。對腸胃來說，是一次訓練。近座的洋人在笑，彷彿他們是破題兒第一遭享此「寒食」。

承德係一小山城，清初康熙皇帝在此建「避暑山莊」因而受到注意。從北京去承德，有京承鐵路可通，全長二五六公裡，快車五個多小時，為俄國人所設計。目前的承德機場原為日本人所建的軍用機場，中國抗戰勝利後加以擴充。

「避暑山莊」佔地五六四公頃，折合八四六〇市畝，為頤和園的兩倍。山莊工程係一七〇三年開始，到一七九〇始告竣工，擁有建築物一百一十多座，山莊佈局大體分為宮殿區和苑景區兩大部份，兩個部份都有許多風景點。康熙題名的卅六景，皆以四字取名，如「煙波致爽」、「金蓮映日」、「水芳岩秀」之類；乾隆題名的卅六景則皆為三字取名，如「松鶴齋」、「勇翠岩」、「一片雲」、「煙雨樓」等是。

慈禧垂簾聽政起，她的興趣移到了頤和園，避暑山莊漸遭冷落。一九〇〇年，北京文物遭八國聯軍劫掠一空，之後避暑山莊所藏被搬了一部份到北京。滿清被推翻後，北京任命的熱河都統皆貪婪之輩，避暑山莊部份竟被拆毀，文物珍寶喪失。一九三三年三月，日軍進攻熱河，佔領承德達十二年，他們就住在避暑山莊，羅漢堂被改為彈藥庫，五百多尊等身羅漢損失大半。日本兵居然把半月湖填平作打靶場。其時也，珠源寺銅殿——宗鏡閣被劫運東去；他們把所有古物裝箱運走。有案可稽的是大小金佛、各種鍍金純銀佛一四三尊，殿內裝飾品一二〇件；各寺廟的丹珠經、甘株經達十三部，每部一〇八套。一九四五年八月，日本投降，俄國傘兵落木蘭圍場，日軍倉皇潰退，為掩蓋劫掠罪行，一把火燒了整個東宮。俄兵滯留承德八個多月，也厚顏無恥，拿走不少珍貴文物。勝利後，駐承德的自己人也依樣葫蘆。

承德老者一五一十數給我聽，並敦囑記在手冊上，心想：「歷史文物遭劫掠，老百姓吃盡苦頭，最後是以德報怨，往事付之東流。」中國歷史從來是如此寫，無數人的毀滅與痛苦時光成為過去，教一心懷念故國的海外遊子，如何解開歷史情結？因而熱河之遊，落得滿腔悲憤。

遊人歡而躍兮，我獨心傷；
熱河啞而怨兮，我淚沾襟。

（一九七九年十月五日）

# 土地



與清明節沒有絲毫關係，只是恰巧於離這個帶有傷感和非常有意思的節日前十天，偕同家人以遊玩的心情前往春武里，目的是觀察一下將來「葬身之地」的環境選擇。因有相當時間的醞釀，一家人那麼帶著「無所謂狀」的一大片密密麻麻的墳墓邊緣望了一陣。印象中所見的墳的狀態乃千篇一律；一大片的靜寂似隱藏著寂寞。

我這個動機和決定在心裡已久，很常時間未與朋友或家中人道及，理由很多，也該是並非一定要說出口的瑣事。然而，我這個心意好像來自一種甚為复雜的原因；腦海中，初見父親渾圓的墳堆及刻著他一群兒子的名字時，覺得虛幻中有很實在的紀念實物。作為人子的我遠離古鄉後，石碑和屹立在草地上的墳常在夢裡和思念中出現，因此之故，對書畫或電影中出現的墓碑，以及曾親眼見到的中山陵、明孝陵，乃至泰國桂河橋附近的盟軍墳場等等，我都覺得無論大小有那麼回事，皆是扑摸得到的紀念實物，有音容宛在的意思，也多少有「未盡」的餘韻。

記得當自己離開家鄉後四十年，在「少小離家老大回」的情境下，興奮的見到須發皆白的長兄時；抱頭痛哭後首先提到的，就是想要拜祭父母的墳，所得的答覆是「剷掉了」。

就這麼一句話，我的心即時便泣哭，眼淚延腮而下。終於再追問：「還有個記號，有塊石頭嗎？比如墓碑？」長兄雖保持著鎮靜，胸有成竹有充分的道理可以平息還鄉人的悲傷，但依然滿眼淚光，然後從容的講冠冕堂皇的大道理；土地應該用來耕種，這是「政策」……

我知道他在可憐和安慰我，也在為他自己的悲傷敷藥；他怎會不知道有塊紀念的碑，總比什麼記號都沒有了要好得多？接著，他再不能不取出手帕掩面哭泣。這一來，懷著一個空虛的遊子反而得為他的兄長難過，而裝出自己能看得開的樣子。

長期流放在異國他鄉，待到尋根之際而居然捉摸不到一點實物，心雖未破碎，情不免感到失落。既然曾經見過，偎依過的墳墓石碑已經消失，當兄長們都已「旅行去了」，當自己亦已白髮蒼蒼，多濃厚的鄉愁，也只好寄悠悠白雲，空悲戚。

許多時候想到生命的終結問題時，便連帶想到喪葬，各式各樣的禮儀與痕跡及尊嚴，而中國儒家的「慎終追遠」就似乎非繁文縟節。則土葬、火葬乃至海葬；物傷其類，不能說沒有意思。記憶中，我曾見到一隻蜜蜂把一個壞了的蛹很費力搬到一個陰涼安全處放下，對其未成形的生命有個心之所安的交代。我曾經想牠何不把壞蛹從窩中搬出便拋去，牠不忍心嗎，還是希望壞蛹會好起來？大致多半還是「物傷其類」，一如龐然大物的象在途間見到同類的屍骨，總要站住憑弔一番，甚且盡力把頭殼或牙齒搬到隱蔽之處免遭踐踏……

我有個朋友，來到佛邦後先是難民身分，經多年等待取得隨身證。於是自由由什麼事都能辦，但無權購買土地，例外的是購買六尺葬身之地卻不受限制。我這位非常樂觀的朋友說：「人總要有點屬於自己的土地，我終於也有屬於自己的六尺土地了。」

「六尺土地」使筆者想到托爾斯泰的短篇小說《一個人需要多少土地》；小說中描述了人的貪婪，但當倒下來時，所需要的僅六呎而已。

也許是看舊小說太多，「焚骨揚灰」是對恨之入骨的人的嚴酷懲罰，不但燒成灰，還要將灰吹散，使之連灰都找不到一把。有趣的是，到了近代，一些大偉人的屍骨燒成灰之後，愈是求撒得廣散得遠，例如印度的甘地，其骨灰撒在恆河，儀式極其隆重。

中國舊詩中「可憐無定河邊骨，猶是閨中夢裡人」句，那暴露的白骨何等淒涼，連他最親密的人也還不知其死活，甚至骨頭被水沖來沖去。這該是反戰最有力的聲音，萬分淒悲，感人淚下……

而在佛邦，修骷善業成了氣候，真正的慈善機關不但救災恤難，還澤及骷骨。於是，無名無姓，被棄於荒野的屍骨有其同類洗刷埋葬，從而以「萬人公墓」供人憑弔，以茶酒祭奠。

似乎除了費解的懸棺和海葬，甚至西藏人的天葬，無論什麼宗教，大體都有「入土為安」的想法；土地就是大地，人總是依戀大地。

無論如何，我決心在自己清醒的時候，看到和培養一份欣賞之心，知道屬於自己的六尺土地，最好留下個墓碑。

帶家人在春武里一個山莊的墓地邊緣，看一望無際的墳地，也約略決定自己選擇的「長眠」之區區土地。之後我心裡在笑，要很久很久我才會到這裡來；當前最重要的，是我必須捕捉一首短詩以作墓誌銘。也許八年十年都捕捉不到，然我並不著急；才八十多歲，急什麼呢！

（二〇〇五年四月廿二日）

# 盡得風流——陳達瑜的影藝境界

記憶中，五十年代即曾參觀過陳達瑜先生假法政大學舉行的影展。自此之後，他一直從事影藝活動。之後不久，達瑜兄與鍾素華伉儷創立了ＭＰＡ影視制作公司；「以商養藝」，陳氏默默腳踏實地，朝向影藝無邊無際的境域踽踽行走。筆者就是ＭＰＡ認識享譽國際的郎靜山先生；我的意思在乎指出，陳氏夫婦此時已與影藝界頂尖人物來往頻仍；陳達瑜的品德與才華，聲譽飛揚。朗靜山以多至三張非林湊合制作的黑白藝術照傾倒影藝界，致其風采光耀當代整個攝影世界。歸根結柢，係郎氏有國畫根底，心有靈犀，並非人人可以製作出來；達瑜兄得心應手偶爾製作兩幀，意境高占，屬「遊戲文章」而已。渠自己在彩色世界另有蹊徑，短短期間即當選「亞洲影藝協會」會長，而在泰國主辦第十三屆亞洲影藝大會。此之後，我逐漸發覺，陳達瑜的藝術心靈及其雙手摸到什麼都會活起來，其程序是：攝影與文學寫作先行，繼而書法、而國畫、而油畫，而更高層次、更深意境的影藝……

他走過歐美，馳騁兩岸三地，致應聘為大學客座教授，又分別獲得「中國藝術攝影學會」及「中國攝影家協會」的「終身成就獎」；他如榮譽博士學位或榮譽高級會士等舉不勝舉。

出乎一般人所意料，陳達瑜並未因此在其待人處世方面有絲毫改變，他照樣對一切顯得冷漠，好像後來就已看透世俗，或近乎置身「世外」，甚至不輕易以自己的作品示人。並非他驕傲看透世俗，而是他發覺需要靜下來探求這個似簡而繁的影藝世界；憑攝影工具在科技領域的進步，在他看來，要探索的境界已愈寬。一種長期修練而獲得的生命內在品質，因而感覺天地之無限，追求永恆更是「漫漫其修遠兮」。因此他所捉捕的已傾向返璞歸真、回到自然，富於情趣而耐人尋味。

他止斷探求新的技法和表現形式，但也許未為人所察知，除非真正的行中人、有同等境界的攝影藝術家，是無法窺具其堂奧的。

很久很久以來，陳達瑜不屑和無暇應酬；一個潛心於藝術領域的、有成就的、真正的影藝大師陷入別人眼中之寂寞。多年來在泰國未見其公開的影藝個展，但靜靜的，一而再的與油畫愛好者進行聯展。可能許多朋友們還不知道陳達瑜的油畫也別有天地，其一幅《浪花擊石》總令我有身在海濱之感。

許多以來，我知道他在整理舊時許多系列的底片；不知道要多少時間？他似乎一點也不急，也無意於一般社交活動，似乎也無意於作何展示，做為一個非常欣賞其才華，傾倒於其藝術靈犀的筆者，的確有些急迫感，非常希望他出版幾冊影集。

誰也沒料到，應泰國技術大學之邀，陳達瑜先生於最近（七月十五到廿一日）展出少量精彩「剎那」。據所知技術大學有攝影藝術系，而該大學具有高品味的影藝教授曾與他懇商有時，近乎冷漠的攝影大師始肯作一次小型個展。

真的是：「影中自有心歸處，影中自有新境域。」陳達瑜多年前的、精彩的「一剎那」令人入迷，令人讚嘆，令人一開眼界；到來參觀的三個影藝學術團體的主席，異口同聲讚賞，並且發現這位影藝大師能人之所不能，展示出的每一幅精品都那麼新鮮生動，惜我有筆難描。一幅似乎是《西湖春曉》的美境，此時教筆者恍如置身六十年前所見，我只能說：「仙境，美極了！」

達瑜：「我一早拉開西子賓館房間的窗子，就見到這個靜中有動的景象，迅速捕捉了一剎那光景。」顯然，相機只是工具，捕捉和驀然發現美好剎那的，是心靈境界，他眼前的畫面正是他等待已久的「精靈」。

《鬥雞圖》整個翻天覆地之動感，使嶺南人心有所動，詩人似已從其間得到「戰爭與和平」的靈感；畫家苦覓看得很仔細，因為他也曾在宣紙上讓鬥雞登場。我從具象中幻想到一個抽象的「出招」姿態，其中一隻似在想倒翻過身子俾以尖爪踢破對方小腦袋。這剎那是不易捉捕到的。

展出的作品不多，但每一幅都教人佇足不前。狗、馬，然後是背負著千斤重的駱駝；馬背上一老一小，五個生命都望著同一個方向。這幅千裡迢迢輕易吸引著參觀者，都爭相留影。這樣的影展，的確很有意思，而技術大學的學子們，將有五天時間神遊中國江南和大漠，攝影系專業的孩子們則獲益不淺。

以上所寫的所謂《西湖春曉》、《鬥雞圖》與《千里迢迢》，無非筆者為行文方便冒昧加上者。攝影家在其作品上「不著一字」，係讓欣賞者有廣闊自由的想像空間，例如：西湖景色加諸《西湖春曉》，初看似覺風雅，細思之則顯然先賓奪主。所謂「不著一字盡得風流」，這方是高人的高明處……

一般而論，文化藝術的特性無非想擴大自己的影響力，而中國文化藝術則著重內心省察。陳達瑜兄不但有天份和才華，還有兢兢業業創新的精神。故Sorasin（陳達瑜）始終立足於時代前驅，而仍保持「Come Back to Nature」（回到自然）的內心境界……

朋友們都希望看到陳達瑜把數十年的心血精品展示出來，甚至將千萬裡的攝影行蹤趣事或離奇點滴，揮灑一些出來，讓文友們分享。

（二〇〇五年八月十日）

# 今古功名逝水流——雲南護國起義九十周年感言

一九九五年十二月廿三日，美國舊金山舉行了一次很有意義的「雲南護國起義八十周年國際學術研討會」，有兩岸三地及各方歷史學者、專家參與，除學者專家們提出的論文外，還通過對唐繼堯之研究，俾更有利於理清中國民初西南政局之真實情況。其後，有參與此次研究之鄭學溥、李軍、成岳沖及徐鴻鈞編著了一本極有價值的《唐繼堯傳》。

今二〇〇五，即護國起義九十周年，撫今追昔，深以為有必要就有關的人和事，談談說說，而力求輕鬆，也不離文藝副刊範疇，此乃筆者「願景」。手邊有好幾本有關書籍，免不了有必要會抄幾句，先此聲明。話說今年四月間，還曾在昆明大觀樓一觀「五百里滇池」，然而滿眼荷葉，下有鴨子悠哉游哉；此情此景不免令遊子傷情，想起多少年前的圍海造田，後又退耕還池的滄桑。廿年來多次回雲南求解鄉愁，也曾小遊大觀樓兩次，進去出來，總是覺得少了什麼？原來唐公騎在馬上的英武沒有蹤影了。這沒有什麼稀奇，莫斯科紅場列寧的銅像都被起重機移走，可見白云蒼狗，世事幻變無定；唐先生在壯志凌雲時，自然不會想到，且看其詩句：

百尺樓台壯大觀，瀟瀟雨歇一憑欄；
豪情欲把昆池水，滌盡中華萬里山。

唐繼堯也是人，難十全十美；但瑕不掩瑜。一八八三年七月十二出生於雲南會澤，後期人稱其唐會澤，二十歲留學日本習軍事，回國後一帆風順，壯志凌雲。有詩為證：

莫對青天喚奈何，掃開憂憤且狂歌；
壯心百鍊鋤群醜，寶劍雙飛碎眾魔。

民國元年，廿八歲的唐繼堯即已官拜貴州都督，卅歲任雲南督軍。由此可以想見其聰明才智，非常人也。而領導護法之役，推翻洪憲帝制，粉碎袁世凱的皇帝夢，再造共和。此時的唐繼堯才不過卅三歲。《唐繼堯傳》第五章第三節的最後數語曰：「一九一六年一月一日，正當袁世凱上演登極大典醜劇時，護國軍在昆明誓師，發布討袁檄文，歷數袁世凱十九大罪狀，通知全國『凡屬中華人民共和國之國民，其恪遵成憲，翊衛共和，誓除國賊』云云。一場以維護民主共和制度為旨歸之護國戰役就此展開。」

護國起義成功自是雲南人的光榮，唐氏在庾恩暘所寫〈雲南首義擁護共和始末記〉序中說：……今幸復還共和，皆由將士之效命，左右之臂助，父老之竭誠盡力，各得其心之所同然，各竭其力之所當然，而繼堯曾何功之可言耶……

鄭學溥在《唐繼堯傳》中有如下數言：護國首義，起兵討袁，乃係雲南唐繼堯等為首之革命人士所組織發動，各省紛紛響應。其中以雲南人民出力最多，唐繼堯貢獻特大。章炳麟曾云：「當是時，上將唐公，為其主帥。國之勇士，同袍相輔。」騰衝李根源稱唐氏「始為我西南造邦偉人。」而護國第二軍李烈鈞亦云：「護國首功，當然屬於唐公。」

非常值得在此一提的是，護法之役既起，各方響應之時，梁啟超有「致滇中各將校士卒書」；說：「大盜移國，天柱將傾，賴諸公一怒以安天下之民，海內志士仁人感激而泣，環球萬國動色起敬。自有史以來以一地方之舉動而關係全局，功未有若斯之偉也！……」

雲南護國起義軍中有位重要人物蔡鍔，他是梁啟超的學生，也任過雲南都督，繼後傳出「小鳳仙與蔡鍔」的風流韻事，並一再搬上銀幕，加上一些人的所謂「見仁見智」，致產生了蔡鍔領導雲南護國起義之傳聞。按護軍之督軍乃唐繼堯，其轄下有三個軍；蔡鍔任第一軍總司令、李烈鈞任第二軍總司令、唐督軍兼任第三軍總司令，其餘重要人物有羅佩金、顧品珍、張開儒、方聲濤、庾恩暘、任可澄、劉顯世、戴戡等。

在中國人民大學出版社一九八九年出版的《中國革命史》第三章第二節中有以下文字（節錄）：

梁啟超及其進步黨原是袁世凱推行專制的工具。當梁啟超看到袁復辟帝制便轉而反對帝制。……一九一五年八月廿日，梁拒絕廿萬元的收買……。十一月七日梁助蔡鍔由天津秘密赴日轉滇……。一九一五年十二月廿三日，以雲南將軍唐繼堯和巡按使任可澄的名義致電袁世凱，要求將帝制禍首楊度、朱啟鈐等十三人「明正典刑」，永除帝制……。一九一六年元旦，護國軍在昆明校場誓師，出兵討袁。

從《中國革命史》中看，雲南起義的氣氛似稍被沖淡，但由唐繼堯和任可澄名義致電袁世凱一語，仍是有的，也就是鐵一般的歷史根據。至於電影，許多是根據「本故事全屬虛構」來的，用不著認真。

唐氏遠祖乃陶唐之冑，肇封於太原而入武陵，先世籍湖北荊州。繼堯襁褓時，其曾祖母撫抱懷中，偶詠古人詩句，側耳諦聽，若有所悟。看唐氏所作詩、書、畫，可想見其聰穎。早期由沈雪龍編的《唐繼堯》一書，附有唐氏詩作百餘首，均上乘之作，氣貫長虹。而今日談雲南護國起義，論唐繼堯，莫不因數十年來之隱隱約約爭議耿耿於懷。但觀諸鄭學溥在《唐繼堯傳》序言中所舉，則可見公道自在人心。渠稱：史家以為雲南首義擁護共和之功，不在武昌首義締造共和之下。孫中山先生早已充足肯定。「雲南護國起義，其目標之正確，信心之堅強，士氣之昂揚，作戰之勇敢，以及民心之振奮，響應之迅速，與黃花岡之役、辛亥武昌之役，可謂先後輝映，毫無軒輊，充分表露了中華民族之正氣。」此乃千真萬確之評價。

序文中在「護國戰役之後，由於滇軍不斷向黔、川擴張，連年用兵，百姓厭倦」之後，轉而指出：評論歷史人物，總不應「以偏概全」，更不宜「以一眚掩大德」。……從大量事實證明，唐繼堯是愛國者、革命者、傑出之軍事家和教育家……

限於版位和讀者興趣，若干瑣事就此省下。且說，當孫中山以大元帥地位任唐繼堯為副元帥之同時，指派元帥府秘書長胡漢民為代理大元帥，因胡與唐之間本來就有矛盾；唐視胡為搞派系、有野心，忌功忌才，反對孫唐聯合之人，故不接受副元帥之職，而以「削平叛亂，建設國家」，討代曹錕「賄選亂政」為名，召集川、滇、黔、粵、桂、湘、鄂各軍代表會議於昆明，宣布成立建國聯軍總司令部，唐任七省聯軍總司令，編制建國聯軍十五個軍。一九二五年一月滇軍由黔東進入湘西時，北方政局變化，第二次直奉大戰爆發，七省聯軍滇桂軍之敗，終促使滇軍將領間之「二・六政變」。

「二・政變」後唐繼堯僅任省務委員會總裁一職，不久即臥病不起，延至是年五月廿三日於昆明逝世，年僅四十四歲。渠生前留有遺囑，不忘「建國利民」、「主持正義」。論者曰：唐氏廿一歲，即成為一名革命的同盟會員，在辛亥昆明重九起義中，作出卓越貢獻；他組織、發動和領導護國運動，為護國反袁勝利、再造共和立下首功。從一九一五年下半年到其逝世之十幾年中，他從來未曾停止過同北洋反動政府的鬥爭……，靖國護法充當先鋒；保護西南金甌無缺。正是這些歷史實踐，構成其一生之偉大成就。

唐氏對其十幾年的勳業，有詩見證其心。曰：

十載浮名誤赤松，無端平地起英雄；
大江流月波翻白，老樹凌霜葉更紅。

花欲倚欄人倚樓，無端風雨怕成秋；
乾坤事物飛雲幻，今古功名逝水流。

時光荏苒，雲南護國起義已九十周年；數十年來，海外滇籍人士每逢十二月廿五日，莫不隆重慶祝，不忘先人對國家之盡忠，付出生命以維正義。寄居泰、緬同鄉經半個世紀之流汗出力，多少志士葬身異域；存者艱苦奮鬥，將惡野墾為良田，把荒山變為茶園；由借土安身而鞏衛他鄉，由竹籬茅舍走出而繁榮地方。血淚歷程，天可憐見！時當雲南光輝紀念之到來，能不狂歌，能不感慨，能不奮起，能不力爭上游！

（二〇〇五年十二月十七日）

# 從二胡到二胡

算命先生走過大街小巷的情景，抑揚頓挫的二胡聲隨之來去，一直迴盪在腦海中，雖已是很久遠的事，那些算命者的生命力及其二胡情調卻越來越令人感懷。他們都是瞎子，七十年前我家鄉的算命先生皆在黑暗世界裡求生存，且須靠另一個不瞎的人牽引，那人可能是他糟糠之妻，或其自己的兒女，也或許是僱來的搭檔。二胡是招徠生意的工具，故必須能打動人心，如泣如訴，因為他們都見不到光明，而穿著鮮有華麗者，故備加令人感到算命先生的生活艱辛，二胡聲十分悽苦……

至今，我還清楚記得，八歲那年某天，母親趁我老爸出門之際，一聽到二胡聲由遠而近，便命我開門等算命先生，待他到門前時，便說「牽先生來」。所有的人，都不直說「瞎子」而稱「先生」，但背地都說「找個瞎子算算命」。我奉母命叫進家來的先生，由牽他的一個小阿哥把他拉到安排好的坐椅上，他自己也坐在旁邊，一杯熱茶遞到先生手裡，他喝了一口之後，臉上現出感激之情，至於那小阿哥，很快的便把給他的清水灌進肚腸去了。明顯的他們又疲倦又口渴，母親命我添茶倒水，算命先生稍後養過氣來，便問：「要合婚還是算命？」我母親答「算命」，對方便問：「男命還是女命，多大年紀？」

算命先生能言善道，但說話中氣不夠，斷斷續續，聽起來稍嫌吃力。最後，他還有個帶有安慰性的結尾說：「不要緊，明春開始便無災無難，好運來臨。」接著，母親數了二十個銅元交到先生手中，他很熟練的從腰間拉出個小布袋，把報酬數了數，穩妥的裝進去，然後再把它系回褲帶，便起身上路。我跟出門外，見他再把二胡按在腰間，邊拉邊行，慢慢遠去；那二胡聲彷彿在告訴我，二十個銅元對他非常重要，但不夠一餐。

過了幾年，我因小學畢業名列前茅，獲選參加祭孔儀式，職務是抬旗羅傘蓋，另外有比武藝的，也是優秀生。祭孔是天方亮以前舉行，人物眾多，各司其事，在一種極為隆重的禮儀中，我初聞「洞經」，開始聽到美妙動人的二胡聲響，絲竹管弦之音，在敲打樂中，奏出引人彷彿飄到雲端的旋律，二胡陣幾乎是「洞經」的主旋律；我因此知道二胡並非瞎子所專有。「洞經」係道教音樂，不知從什麼時候起，在儒家最隆重的儀典中響徹雲霄，中華文化之容納百川由此可見，孔子《禮運．大同篇》由此體現。

少不更事時，又在跟隨長輩看戲時聽二胡的更多調子，無論何種地方戲班子中，都有「身居要職」的二胡好手，似乎京戲更特別講究。我自知不是材料，故從無學拉二胡的打算，但一聽到京戲二胡，心弦便被牽引，致全身舒暢。說起來也很不好意思，二胡固我喜聽，但當自己在語專求學時，有一次把女朋友帶到學校，宿舍裡正傳出西皮倒板的二胡聲，女朋友原是喜歡唱京戲的高手，一聽到二胡便不請而入，參與清唱，一會兒宿舍中擠滿了人，我既不會唱又不能拉，覺得非常慚愧，直硬著頭皮等二胡聲停息才感到安全，善唱京戲的「嘉賓」已覺察我的心事，在歸程中避免談清唱的事，那知我仍覺不是味道。事後我設法買了一把便宜二胡，學了許久，只能拉「鎖拉朵，來迷來朵拉，鎖拉鎖」幾小段簡單調調兒，終更深認識自己不堪造就而偃旗息鼓，因而對這只有兩條弦的二胡更是「仰之彌高」。許多年來，心甘情願只當聽眾而不敢碰二胡，也不敢問聞學二胡的事。

旅居泰國數十年來，為生活奔波，養家活口認真工作，除塗塗寫寫外，其他藝術愛好只能暫時放下。孩子逐漸長大，設法在蝸居中添點音響設備，於是洞蕭、古箏與二胡使休息更見有益身心。大致因京戲的原因，我對聽二胡情有獨鐘，當然許多時候，琵琶、古箏與二胡合奏尤屬美妙，像陳艷秋、梅蘭芳這些名家的經典戲碼VCD，絲竹管弦之音色，真使人感到飄飄如仙，耳福不淺。

不知道是什麼原因，只兩條弦的二胡始終在我心中佔著很重要的位置，也許是「算命先生」和「洞經」先入為主也說不定。

大致是九十年代，我才聽到《二泉映月》，起初只覺得其音悲涼，再聽竟淚盈於睫，為此我開始追尋這支二胡曲子的來龍去脈；不追尋也還罷了，一追尋，接二連三，不斷捲入，陷落在一種永難消散的人生悲憤、命運悲憤與掙扎的悲情，因作者命運的坎坷，我自己既往曾經走過的坎坷也竟被二胡之弦牽動、復活，不由分說，我每聽此曲，必珠淚雙流；既難過，又好往無錫街頭賣藝。我看過幾段紀錄片，其情境十分淒涼；而《二泉映月》就在其悲憤掙扎和熬。這苦，終於從他熟練的琴弦中反映出來。而在此之前，他由一個名叫崔迪的女子牽著來「一失足成千古恨！」遭遇對阿炳來說，豈只懺悔不及，還得經受苦海茫茫，地复天翻的煎而人非草木，他苦悶之餘不免走入「煙花草叢」，因此而身染惡疾致雙目失明，正所謂：迷」。阿炳長得漂亮，外形瀟灑倜儻，婦女對他敬而遠之，因此之故，他尤其難找到對象；

阿炳家學淵源，與道家有密切關係，但因當時道士的社會地位低賤，且被視為「鬼血創作的藝術家生時之悲苦，我一時不忍卒睹而飲泣……

月》的評析，包括詩人劉舟一篇〈瞎子阿炳〉的散文，對一位生命坎坷、掙扎求存而傾其心「如此感人之曲，宜跪著聽始能體現感激之心。」除此之外，我還看過若干有關《二泉映隨著二胡弦線與馬尾的生之掙扎與泣訴，他登時淚濕衣襟，為之震撼。因此他感慨的說：話，是美國費城交響樂隊指揮小澤喜二說的。當一九八五年他到中國聽到《二泉映月》時，曲神聖崇高的答案。這句「帶有宗教情感，對藝術的登峰造極五體投地的虔誠感激之情」的彌高」的感激，直至在李國棟教授處讀到一份資料，看到「要跪著聽」這句話，才算找到此

經過數年，反覆聆聽《二泉映月》之餘，已萌生一種神聖崇高之感激心情，這種「仰之透過優美的旋律訴說人生不得不昂首面對苦難遭遇的感人樂曲，它豈只催人淚下！受。想不到自隋唐時期便有記載的二胡，經兩千多年輝煌，再又出現如此一時低迴一時高昂，

痛苦中產生，也在無錫流行普及，直到一九五〇年初，這支了不起的曲子才獲得機會，由他自己演奏，多人協助錄音，保存下來；但不幸，八個月後病魔奪走了他的生命。雖如此，也還算幸運，他傾其生命與痛苦的才華所創作的《二泉映月》得以傳世，而陪伴其苦難生活二十餘年的女子崔迪，也竟在阿炳死後廿五天魂歸離恨天。自此，《二泉映月》迅速飛向世界，幾十億人都愛聽它，且無不為之震撼。阿炳算是「生時悲涼，死後輝煌」了。《二泉映月》已成不朽之作，躍居世界十大名曲之首。

近三年來，我每隔三兩天總要找一個深夜聆聽和欣賞此曲。而每次聆聽，均在心靈上得到啟發和安慰，與此同時，腦海裡都會閃過算命先生的情境，彷彿夾帶著悲悽的二胡音和二十個銅元的撞擊聲，再是由崔迪陪伴著沿街賣藝的阿炳無奈和掙扎前行的身影。因此，我無法不流淚；從二胡到二胡，數十年來都牽動著我脆弱的情感……

* * *

二〇〇一年十月十四日晚，應李國棟教授邀宴於湄南大酒店，以國棟居所即在酒店左近，林煥彰、嶺南人、馬羚、劉舟諸詩人暨余乃藉機訪教授診所，冀能聆聽其二胡獨奏。時為午後六點，整個環境靜寂無聲；李教授雖身為名醫，曾任泰國前總理乃川之醫療顧問，現仍任泰國海陸空三軍之顧問醫官，但對音樂藝術情有獨鐘，擅二胡及小提琴樂器，渠自幼即與二胡為伴，功力極其深厚，堪稱當代傑出業餘二胡演奏家。李教授還愛好文藝，手不釋卷，對文化藝術界人士多喜交往。渠為雲南白族精英，早年其對腫瘤之醫術便已享譽中外，多次應邀出國講學，發表論文無數。非常特別的是，李教授亦往往在許多重要歡聚場合被邀請作二胡和小提琴獨奏。二〇〇〇年其次女依凌小姐（首屆「亞洲皇朝公主」當選者）在美作個人舞蹈演出，李教授亦前往助陣，一曲《二泉映月》獨奏，贏得極高評價，費城交響樂隊指揮小澤喜二亦在場聆聽，並李氏作音樂議題之專訪，可以想見李國棟教授拉《二泉映月》之功力如何爐火純青。另者，渠之長女李珺小姐也於前此不久，獲選為第二屆「亞洲皇朝公主」，在美國，在其家鄉及泰國均成為佳話，友朋與有榮焉。

是日也，李國棟教授在諸友提議下，欣然取出二胡，先奏一曲（昭君怨），接著，一時低徊一時高昂的《二泉映月》頓使在坐者之情懷震撼、嘆息，余則淚盈於睫。筆者深受感動，迴盪綿綿，多日縈繞，乃書此拙文。

（二〇〇〇年二月六日）

# 古箏情懷

前此不久，曾聽到一句稱古箏是「東方的鋼琴」，固然筆者非常不欣賞這句話，但卻因它得到靈感，以致興寫此與古箏有關的「亂彈」。筆者不懂箏，但偏愛其鈞天之音，它厚重而敲擊靈魂，高低起伏，吟揉不露。永難忘懷的是，幼時曾與玩伴到其家中，潛入空蕩蕩的一間廳房，偷偷在一張佈滿灰塵的古琴弦上撥弄三兩下。據說那是他已駕返瑤池的姑媽之遺物，故我們每撥弄三兩下後便攜手而逃，一面跑他一面說「姑媽來了」！

十多年後，筆者始悉這位「姑媽」的身世恍如一齣文藝悲劇；她六歲習箏，十八歲時把古箏彈奏技巧和知識一氣貫通；後與一才子締結秦晉，彼此相愛，寸步不離，成為佳話。不幸那位繼承萬貫家財的才子，年輕輕便一病不起，臨斷氣前，求其愛妻彈《高山流水》，但曲未盡而「鍾子期」之魂已斷。此後，一代古箏巧手以淚洗面，只彈《高山流水》而半途中斷，泣不成聲，終香消玉隕於其箏上。故事流傳小城，而從此無人撥弄的古箏寂寞長睡……

數十年前的偶然三兩下心靈震動，在神秘氣氛中感受那錚錚之聲直逼靈魂，刻骨銘心。兒時的記憶，影響余不斷追尋此音，注意此中華文化靈魂之聲！

竊以為，中國歷來所強調的琴、棋、書、畫之「琴」，應係泛指箏而言，故箏乃華夏樂器之精萃，致能歷數千年而光輝日耀，其音色優美動聽，韻味典雅，造型富麗大方，具從容高上之樂風，堂堂乎君子之美！

據考證，箏之有「秦箏」稱，係春秋時即已在陝西流傳。故《史記・李斯列傳》載：「擊瓮叩缶，彈箏搏髀，而歌呼嗚嗚，快耳目者，真秦之聲也。」隨著歷史的發展腳步，逐漸從西北流傳到河南、山東以迄沿海的蘇浙和廣東等地。在漢文化圈中，越南、朝鮮、日本亦有箏之出現，當然都來自漢唐；朝鮮的伽耶琴即係中國古箏之變形。而遠在八世紀時，中國之十三弦唐制箏則已演變成東洋民族樂器。

從中國歷史典籍中，人們可以輕易接觸到古箏的記載，文學作品中更是屢見不鮮。有趣的是，中國古詩中凡寫到箏者，多與美人扯上關係，例如唐時崔懷寶在其《憶江南》中寫道：「平生願，願做樂中箏，得近玉人纖纖手，砑羅裙上放嬌聲，便死也為榮。」劉禹錫之〈夜間商人船中箏〉吟曰：「大艑高帆一百尺，新聲促柱十三弦；楊為市裡商人女，來占江西明月天。」王譚《夜坐看搊箏》：「調箏夜坐燈光裡，卻掛羅帷露纖指；朱弦一一聲不同，玉柱連連影相似。不知何處學新聲，曲曲彈來未悉名；應是石家金谷裡，流傳未滿洛陽城」白居易〈夜箏〉：「紫袖紅弦明月中，自彈自感暗低容；弦凝指咽聲停處，別有深情一萬重。」宋之歐陽修有〈李留後家聞箏詩〉：「不聽哀箏二十年，勿聞纖指弄鳴弦；綿蠻巧轉花間舌，嗚咽交流冰下泉。」舉不勝舉，而皆令人如坐箏旁，耳聞珠落琴弦，高山流水之況味。

（二〇〇二年九月十日）

# 書、畫、盆景談——天人合一、由小見大[1]

藝術的範圍雖廣，但以一個中國人或喜歡中華文化者來講，如能對書、畫和盆景這三種藝事中之一有興趣的話，就該算是雅人了。「雅」是中國人追求和喜歡的境界，而雅的境界卻只是一個觀念，似乎具體而又不具體，想像得到而捉摸不到，無邊無際。例如蘇東坡喜歡在其居處種幾株竹子，感覺上便很舒服；他不是栽的「搖錢樹」，所以顯得其雅。

無論是書法，繪畫及盆景，當然都蘊含有詩般美麗的意象，大致誰也不能以一篇文章把這三種藝術活動講得清清楚楚明明白白，事實也倒不必，蓋誰要把兩種以上的藝事混在一起來談，多半是吃力而不討好，甚至有催眠作用，教人打瞌睡，因而最好的辦法是想到什麼寫什麼。

應該說，很有趣世界上只有中國的漢字能被當藝術品欣賞品味，而且在中國藝術領域中，「書」還是最高深而最講功力的一種，很簡單的例子，畫家的作品多能舉行個展，書法就不那麼容易。蓋漢字就那麼些，功力卻深淺易見，好的書法要能「馳騁於法度之中，逍遙於塵垢之外；縱心所欲，不逾準繩」現成的例子是泰國林薇先生的書法，其功力可以說已由形而下之技術層面提昇至形而上以心靈美感為目標的境界。目前在中國，當以啟功的書法最為吃香，雖萬元一字也難求，但對真愛其字者則慨然揮毫。他在〈論書扎記〉中說，古代論書法的文章很不易懂，例如「折釵股、屋漏痕」，大致是指筆劃不見棱角，運筆聯綿流暢，不見起止的痕跡，但嚴格的照字面解讀「折釵股」便是有硬折處，與「屋漏痕」頗不一致，所以又有作「古釵腳」的。則用字尚且不同，怎麼要求解釋正確？台灣書法家杜忠誥認為，書法線條的美的表現性，可以將心中各種細膩的感受真實的反映出來，當寧靜的時候，線條可以說盡宇宙的一切。寫〈杜忠誥生活在書法世界〉的明沃君描寫道：「鍾子期與俞伯牙，一個能從聽到的聲音了解到對方的意念，這種創作與欣賞的對流充滿澄澈與清明的美，書法藝術到很高境界，也是如此。」

由此可見書道之深，因而真正有功力的書法家，往往不輕易舉行展覽，寧可不食人間煙火。

當然，中國畫也是很深奧、很不簡單的，不簡單到（舉例說）石濤之畫神化、超逸、足睥睨千古，八大之畫襟懷浩蕩，慷慨好歌。人們都知道中國畫還有一個特點，即任何人都一望而知究意畫的是什麼？不像某些西洋畫，比說畢卡索的畫，你必須把時空種觀念塞進去，而且最好要懂得點幾何原理，否則談不到欣賞，也才會知道其所要表達的是什麼。中國畫關於表現空間和時間的問題，很早時就觸及了；「四度空間」的畫法至少在宋代就已經從理論和實踐中確立下來了。在梁蔭木所寫〈從中國畫論摸索畢卡索的藝術〉一文中，他提到畢卡索的繪畫藝術，從「移動觀點」以至「不同時間」，都與中國畫論有極相似之處。舉個例，齊白石所畫的花卉草蟲，他以大寫意的筆法畫花卉，以後又在另一個時間、另一種心情下畫一隻精細工筆的草蟲，那草蟲恍如是在另一個空間和時間的產物。

談論這些近乎畫論的文字，似乎有個難處，即內行的會覺得無非老調，而外行的依然覺得味如嚼蠟。因而讓我們換換口味，不必把藝術看的那麼神聖不可侵犯。好吧！西洋談美的文字中，有一段說：「少女與藝術只有在她真正愛的人眼前才願赤裸。」那麼，神聖是個什麼境界，也就得看你究竟有多高的境界了。這是題外話。

有位名叫魯恆的藝術家曾經寫道：「只為消魂親筆硯，不因適俗賣丹青。」他大概既喜觀雕刻繪畫，也喜觀盆景吧。因而他寫道：「何必詩材遠處搜；盎裡蟲啾，瓶裡魚游，相親與我是朋儔、名也無求，利也無求。」深一點看，這位先生的思想不就是老莊的知的節制觀念嗎？許多藝術家之有「無為」的想法，可能其本意無非是要達到個人精神或心的自由逍遙的境界吧了。於是，畫家多有其孤高，也有其活潑瀟灑豪放的特性，蓋面對著藝術作品的永久性時，人不免就自然而然的愈是感覺到生命之短暫性。所以，藝術使人心哀；而愈是心哀，藝術家愈要致力於創造永恆，像歐洲的米蓋朗其羅，終因其作品之永恆而不朽，這便是藝術家在艱辛中，甚至痛苦中始終有、追求創作之源泉。無論如何，畫家帶給觀賞者的信息，不是因其才華而驚嘆，便是因其作品而感到世界的美好與樂觀。但其生者有涯，生命的每一分鐘都是享受，既感悟快樂，也體驗痛苦。

致於盆景藝術，無論是山水盆景也好，樹樁盆景也好，甚至石頭盆景也好，也都與中國畫有異曲同功之妙，都一樣須循自然之理，講究構思立意，意境為其最高境界。盆景的特色是由小見大，從盆景中可以欣賞和領略到高山流水，深山老林，小橋孤舟等等之意境。

一般而論，盆景的特色在於人人可以欣賞，而各有不同體會，講理論法度宜乎是玩家的事。做為欣賞者，如果對中國古詩有興趣的話，反而許多好詩成了欣賞盆景的提示或註腳。如：「前山極遠碧云合，清夜一聲白雪微；欲寄相思千裡月，溪邊殘照雨霏霏。」「萬古傷心生野煙，百官何日再朝天；秋槐葉落空宮裡，凝碧池頭奏管絃。」王維這兩首詩的意境，隨時可從一些山水盆景中偶然發現。許多構思立意好的盆景，往往類乎把一些中國好的詩境催生起來，呈現在人的眼前。當然這並不是說要懂得詩，方懂得盆景；在中國、日本有許多極之有智慧的製作盆景者，雖一字不識卻能培養或制作出絕妙的盆景，於是，我們發現，對盆景的欣賞並非靠知識，而是靠智慧。

在不久之前，筆者曾花了至少三個小時徘徊在北京香山腳的「盆景園」中，看到許多令人打從內心深處就必須驚嘆的景緻。其中有的小型樹樁盆景，經過解釋會使人感到其成形之過程非常殘忍。但人為了審美，就管不了那麼多了。別說植物，中國從前女子的纏足，就是為了供給「欣賞」，不管合理與不合理，受痛苦就變為不重要，而且是必須受的了。另有一盆梅樹椿盆景，孤高古老的梅椿上居然有幾朵紅梅花，樹椿週圍是一片白沙，點輟以一個孤家寡人慢步而行，盆景題名「踏雪尋梅」。這麼一盆景緻，就是從前一位有詩才的尼姑所吟的詩之意境：「到處尋春春不見，芒鞋踏破嶺頭雪；歸來偶拈梅花嗅，春在枝頭已十分。」

好美好美的盆景，又是畫又是詩的盆景，怎不教人留連忘返。

「我要像追求美一樣地去理解一切事物不可或缺的特性，並且成為至善至美的事物之一。如此，我或許也會成為那一群追求至善至美者其中之一份子吧。」尼采這段話很合乎筆者的意思，故用以作為這篇不成八為文章的結尾。莫見笑，莫見笑！

（一九九六年十二月五日）

1 為泰國書畫盆景藝術協會作品選集《藝景》而寫。

# 路漫漫兮修遠——習習：「中文是我的鄉愁」

八十年代初，筆者在此間一家日報主編文藝副刊，因得天時地利人和之助，短短兩年時間，刊物便小有聲譽，一批年輕作家踴躍投稿，致形成一股活潑、上進好學的文藝群體，有的人已是今日泰華文壇的明星，而也竟有曾被視為才華出眾的小將「旅行去了」。

天南地北，各行各業，不到廿年，如今能通過電話聯絡問候者已寥若晨星。鄙人不堪寂寞，不時憶起往事，許多片段仍令人興奮快樂，可貴的時光，會永留記憶。

八十年代初期的泰華文藝氣候，顯得雲淡風輕，凡文藝副刊皆花競艷，精彩的散文甚至引來外埠的讚賞。在眾多的年輕寫作人中，「習習」這個筆名在一定範圍內已「熠熠生光」；她對生命的敏感，對現實生活與人際往來的感悟，經常從筆底流出璀璨，於是掀起漣漪，受到注意，但時間會沖淡既成，而熠熠生光的沙粒風雲際會流向遠方。

習習，一個對生命非常敏感而敢於求變的女青年，從表面看來非常東方的女孩，誰也看不出她的內心世界。大致是十五年前，她到澳洲讀書去了。此舉使一些朋友感到突然，也有的欽佩她的勇敢……

懷抱滿腔的中華文化方塊字組合的熱情，她投入一個西方文化的世界。我把她當成一個乘風高飛的風箏，關懷著由東方到西方的一條線，盡可能保持聯系，從其高飛的歷程中欣賞她的睿智；我並沒有失望，她以俠士精神闖蕩，在邁進中咀嚼和體味經歷，不時掉頭一望過去。

「很抱歉，不告而別，因一切太匆忙。澳洲的環境是寧靜、整潔、優美，是個能使我靜下心來好好下工夫的地方。」這是習習初到澳洲的印象和心理準備。稍後她發現，「因人生地不熟，新朋友因未刻意去交，也就沒有，每日去的地方是一所語文大學的自修部，獨來獨往，行人亦對我未加理睬（西方人好像不好奇，不大驚小怪，也似乎無興趣與陌生人四目交投），故感覺上像是被社會冷落；實實在在的『人在天涯』，無所約束，一切尚空白，感覺上沒有重心。」

人在天涯，習習隨時審視自身所扮演的角色，有一次她在深有所感的信中寫道：「台灣有位作家說『冷看繽紛世界，熱心過灰色人生』。這句話使我的心沉澱下來，是的，有的人轟轟烈烈成了舞台上的角色，多數人卻是觀眾，不同的是，真能欣賞戲劇的人不多，程度程境界不一；我不會躍上舞台，但我自以為，在台下我仍是要角，雖黑、灰、白、藍，仍是我喜歡的色調。」

八十年代初期，我曾想過，以習習的聰明才智，以及她對文字的運用技巧，定當走入用方塊字表達人生夢的陷阱。然而習習非常冷靜，也有其自我定位，從容不迫。習習多年前和其他喜歡舞文弄墨的青年朋友形容自己，「司馬中原說作家必須與世界同在。我也許曾想當作家，但迄今為止沒有作品，性情則稍有養成，努力與世界同在，不肯只關心自己的事，但易於移情，甚至有時自己當主角，與人對立過招待，還在想『若我是他呢？』馬上換了位置，因而對方來招時便接得迂迴起來，非常清楚進退應用，這種訓練養成習慣後，便難以解脫，成了『職業病』（可惜自身又未入其中），而逢人逢事都觀察，則在公眾場所永坐角落位子，深恐錯過好戲，因此之故，我該是當不成作家而被大鎔爐融化掉的一類；仍在自我燃燒，卻又缺金剛不化之身，致成火候不足，所待者或許是陰錯陽差。」

習習一去十五載，在漫長的歲月中，她一直游泳在文化海洋裡，與澳洲人共硯同窗，被純西方的男子愛上，入了澳籍，做了兩個澳洲小孩的媽媽。這「滄海」之變，她都在非常清醒中選擇和融入，她終於「化」進去了……

「路漫漫兮修遠！」

習習每回到佛都，皆與我有短時間的對話，有感慨與歡欣，感慨的是與東方文化漸行漸遠，歡欣的是對她新家的之深愛，兩個聰明的女兒是習習的化身，是東西文化的結晶，而最「滄桑」的是，她的思維已全然是英語的，因此她興起這樣的感嘆：「……每次提筆，總是再繼續十五年前的腔調，中間則似乎成了空白，但它是實實在在的，只不過不是中文的。這期間，我用英文思考、辯論、吵架，許多彎彎曲曲的經歷很不容易轉譯為中文，此時也許『一言難盡』還管點用。不能否定十五年的真實，成了我的難處；我的孩子是如此可愛，我如此地愛她們，而我必須透過英語表達我的愛，換句話說，悠長的歲裡，我的愛是英語的，中文對我來說是遙遠的鄉愁，同樣我的快樂和痛苦，如今都是英語的，方塊字彷彿遠我而去。『月是故鄉明』這句話固足以催人淚下，但我最熟習的月色卻與我同在，這兒絕非武俠小說裡的中原。」

習習似乎感覺到已全然融入西方文化與感情中，連做夢和寫作皆以英文出之。多年前習習將她的一首英文詩〈Life〉以中文譯意示我，它是：

人生就是
多番的得失交錯
歡樂只是煩惱的開端
痛苦不過是晴前的陰霾
我們便在自然運轉間
平衡

人間邂逅無數
次次使荒涼的心

頓時豐富
但須仔細濾過
剩下圖案記憶
美麗輪廓

當下我所檢視的，只是習習多年前一揮而就、草草信札中的片段。從一開始，我便欣賞其心思，她的文字用語組合，處處顯示其天賦睿智，只不過須用心於前途的開創，舞文弄墨成了「客串」，偶爾為之。

前月，這位錦繡年華方開始的「精靈」因奔喪而回到曼谷，在匆促的見面中，我發現她的成熟與自信，也許還帶有些少的失落——對東方懷念。這懷念，使我預見，習習再過三年五載，定會傾出其原有的方塊字編織錦繡……

從東方到西方，再從文化領域由西方到東方，不是直線，而是圓週。

習習自我遠謫澳洲十五年，是成就而非空白，她將兼具東西文化而施展才華，至少這是我的祝願。當然筆者該附加一筆，習習畢竟是能以孤高棋藝闖蕩的才女，其未來的佈局，或許尚無人能夠窺悉堂奧。

（一九九九年二月八日）

# 滔滔怒江

長久以來，我一直繫念那條江，想那座慘遭浩劫的橋。江的名字形象而生動，並且留下讓人揮之不去的謎，不知是哪位先知所取下的，她叫「怒江」（所經之區則是「怒山」）；那座橋稱為「惠通橋」，由中西兩種方法建成，其建造工程之艱巨以及那座橋和人的遭遇有令人感憤的故事，也有血淚斑斑生死掙扎難描之情。

在雲南西部險要邊沿，奔騰咆哮的怒江與陡峭險峻的高黎貢山並排，前者江水急速像發怒一般，氣勢勇猛，鬼哭神號；後者磅礴蒼蒼，風貌壯麗。怒江的水來自西藏拉薩之北的布克池，江的下游進入緬甸，發怒般的水勢趨於平靜，被稱為「莎爾溫江」，但莎爾溫江兩岸蒼生，活得並不平靜，是以怒江下游也似乎沒有溫暖，也缺乏了愛……

提到那座架在怒江上的惠通橋，便不能不提愛鄉愛國的華僑，惠通橋正是由一位愛鄉愛國的緬甸華僑梁金山先生獨資捐獻的。因其便利商旅來往，取名為「惠通橋」，其工程在當時乃是世所罕見的鐵索吊橋。稍後，這座橋為中國抗日戰爭有了非常大的貢獻，包括由愛國大僑領陳嘉庚先生組織的「南洋華僑機工隊」三千多人駕著裝滿物資的大卡車，也是經這座橋而直駛昆明的。

怒江和惠通橋，人事、環境變遷以及戰爭與死亡的巨大滄桑，有的已被記入史冊，也還有很多可歌可泣的故事輕易被遺忘，甚至因歷史的弔詭而埋葬；那些滄桑足以令人哭泣，感慨萬千！當然，在鐵索惠通橋之前，怒江曾有過竹橋、木橋以至溜索橋，但既不能渡多人又時常發生危險。梁金山就是因眼見時有過渡者葬身怒江中，而發願要建一座結實可運貨物的大橋的。

另有一個人，許久許久以前，我就希望他講出他與那座橋的情結，他終於默默，終於魂歸離恨天。這樣，直到如今，我再也不能忍了。怒江的怒一直在催促，鞭策著我的良知，必須盡所能道出他的經歷。可以這樣說，他是受梁金山的重託，設計和督造惠通橋的一位工程師，也目睹悲劇的上演甚至非他莫屬串演了重要角色的人物。人的生與死本來就已經是個難解的謎，而對於那座橋，由誕生到必須炸毀，也像人的生與死，其中有個難解的謎，教人有點想不開，然而必須想開。

大致是一九四一年，日本侵略軍就要沿滇緬公路越過惠通橋之前，無數的華僑趕著要過來，大車小車，拖兒帶女，大包小包，扶老攜幼，橋上一直不斷有人過來。那幅逃命圖誰見了也會心酸，有的人從高高的車頂掉下，有的婦人手中的嬰兒被擠落，她忙去抱起之前，都被擁向前的人群踩死了。橋這邊，那位工程師（橋的「接生婆」）眼見一個川流不息的活地獄；他望眼欲穿，看他的妻兒是不是也在其中？一切只有聽天由命。那時刻，逃命的人就像一群螞蟻，不知身在生死線上，可能瞬即同歸於盡。把人當螞蟻看，不但失禮也似乎太沒良心了，但自古至今就一直有「蟻民」被蹧蹋……

在千鈞一髮擁滿逃命人的惠通橋上，所有聲音，都被震耳欲聾的喇叭聲所掩蓋，彷彿那聲音是在警告：「立刻停止過橋！馬上就要炸橋了！」奉令立刻炸橋的，也正是奉令鎮守和保衛這座橋的軍隊，這時他們緊張萬狀，無論怎麼警告，無數的人群拚命的奔過來。再不炸便不得了！日本侵略軍就要過來了。於是，橋這邊轟隆的響了，接著又轟隆轟隆！逃命的人有的東倒西歪，貨車頂上的小伙子也被拋落怒江。但這緊急時刻，誰都只顧逃命，再也沒有人關心形如螻蟻的別的生命，性命這詞意也似乎在生死交關時更顯得微不足道。

炸橋的人手忙腳亂，下命令的軍頭滿頭大汗，他們沒法炸毀這座吊橋。再過一會兒，日軍可就要衝過來了。這時已不僅是逃命者的生死存亡，而是侵略者就要踏進保山險要，誇張一點講，也即是國家民族的生死存亡的緊要時刻。

那座橋的「接生婆」，那位具有絕世聰明的工程師一身熱起來了，他腦海裡在自問：「我設計的工程，是否必須由我親手毀壞！」此時他已顧不了他的家人，他彷彿非常肯定，建橋為了民族，也為了這個原因須快炸毀了它。他的眼睛已看不清逃難人群的恐慌和可憐；再耽擱，大禍就要來臨，而他的良心將萬劫難以安寧。這時他飛跑去找那位下令的軍頭，他告訴他說怎樣做。之後炸橋的兵八照他的指點，分別把炸藥設法綁在橋墩某些位置，迅速分別做好接上電線。接著是鳴槍制止對岸人群。這時仍有一對男女衝過，女的不幸中彈倒下，男的見狀後立即舉起雙手，發瘋似地呼喊快連我打死罷！當然他如願以償，倒斃女屍旁。槍聲中，炸藥同時引爆。隆！轟隆！兩次巨響，還背負著許多血肉之軀的鐵橋墜入江中。狂怒，奔騰咆哮的怒江輕易捲沒許多「螞蟻」，一些物資和大小車輛，不墜底的也都迅速漂浮遠去……

耗資巨大、工程艱巨的惠通橋毀了，日本侵略軍過不來了。那位先生也不知哪兒去了？後來有人要找他講述設計和炸毀的故事，已做不到。很多年後有人說他瘋了。漸漸的，他被忘了；連惠通橋的鐵索吊橋時代以及與它有關的人的熱情和故事，似乎也沒人提到，好像真的被忘記了。

我很懷疑這一切真會煙消雲散，至少在我腦海裡，「華僑」這稱呼，就連帶姓梁的名字，他因目睹商旅過江的艱險，悲天憫人，發誓建橋，而他終於達到獨資捐獻的願望，其瀟灑和萬分慷慨的情操，使正準備踏入社會的我，生了想做華僑的念頭。而據所知道，在那個時代，凡受過高小教育的，大致都讀過「梁金山義建惠通橋」的動人故事。

自一九四八年來到泰國後，我便沒聽過曾經非常響亮的梁金山這個名字。事隔多年，我才從台灣一本舊雜誌中，看到一篇署名何敏所寫題為〈捐建惠通橋的梁金山〉文章，美中不足這篇文章已只有片段能辨識，其中提到先生最後受盡磨難，其居處連廁所廚房的地磚均被挖開，搜查有無埋藏金銀財寶。至於這位「資本家」，其結局便不用提了……

對梁金山先生的一生，我所知不多，但單憑在廿世紀廿年代他獨資捐建惠通橋，對中國抗日戰爭有極大貢獻一事而言，便已功不可沒。不管歷史怎麼寫，甚至《保山縣誌》怎麼修，大致天大的本事也沒辦法把「愛國」這兩個字從梁金山先生的精神上撥下來；撥下來也無濟於事，當年那座鐵索惠通橋即使已被遺忘，它可是鐵打的，存在過和對中國國運有過生死存亡的關連；那座橋的興建與毀滅，當人們經過後來堅固鴻偉的新惠通橋時，應該會想到舊事的。如果有可能，我很想找到一本當年的高小教科書，看看那篇〈梁金山義建惠通橋〉是怎樣寫的？當然，世上再也找不到這課教科書也沒關係，無論如何那咆哮的怒江永不會息怒……

（二〇〇三年一月廿三日）

# 六月談詩

詩不一定能寫得好，然而寫的本身是快樂的、是包括「苦思」的愉快……

今年辛巳（農曆）閏四月，五月須國曆六月下旬才開始，「端陽節」已是國曆六月廿五日。中國人凡事講一個「心」字，故六月談詩依然會想到五月，想到屈原；詩與屈原有精神連繫。

聞一多在其〈端午節的歷史教育〉一文中，一開始就令人有霹靂一聲雷之感，他寫道：「……說端午節起於紀念屈原，我佩服那無上的智慧；端午，以求生始，以爭取生得光榮的死終，這謊中有無限的真！」

有位大名鼎鼎的文豪認為作家是被放逐者，屈原就是在被放逐中寫詩的。揹負著沉重鄉愁的海外知識分子，免不了以寫詩和談詩排遣鄉愁……

在我的書櫥中，舊詩比新詩多，舊詩中包括已逝泰華名詩人利寅的《安石樓詩稿》，甚至藏著被指為漢奸之曾仲鳴夫婦的《頡頏樓詩詞稿》；新詩則外來的多過泰華詩人們所出版的，估計七十年來，無論在國外或泰境出版的新舊詩集大致不會超過兩百本，當然多是舊詩，可惜很多詩稿因散發有限致無從查考。當下我所有的泰華新詩冊僅止八本，是以在這領域乃是孤陋寡聞，而要談一談也就無非以管窺豹了。以所有的八冊新詩而論，重量不超過兩基羅（公斤），當廢紙賣大致值三銖，但保管在我書櫥中，也許因我小女是文學碩士之故，其價值肯定是難以估計的。這八本新詩集，以輕巧到厚重為序，排名是：老羊的《尋夢》、李經藝的《白中白》、李少儒的《來到冰凍的冷流》、饒公橋的《晨霧‧石蓮‧荷花》、周天曉的《踏浪之歌》、嶺南人的《結》，子帆琴思鋼張望張燕和李少儒（把他們連在一起）等五人集《橋》以及泰華新詩學會的《詩潮》。本文完成待付郵時，接到陳雨所贈《幽嫻的紫蓮》，使我所收藏的新詩本數由「八」變「九」；「九」在泰國是「進步」，意味泰華新詩壇在進步中，這是一個喜訊！

這樣一個類乎「引經據典」的開場白，意在表明筆者對「詩」是非常喜愛的；當然「喜愛」並不意味懂得。我自己並不是研究「文學」的，因此之故，談「詩」乃是外行之談，以下寫的沒有規則秩序，更無厚此薄彼，只是信手拈來，平鋪直敘，且僅僅一鱗半爪。

引用詩人楊牧的話：「……我們對一首詩最大的禮讚，就是專注，聚精會神去閱讀它，即使為某種獨異的原因竟從一錯誤的地方切入，以至於我們尋覓到的解說悖離了作者的意志；但若是因為藉著這樣高層次的心智交涉，我們畢竟已實際沈潛於他的詩之深奧而無懈怠，玩忽，我們就該是有所體會，嘗到了喜悅、挫折，即使超越了他的想像，也還是禮讚。」

翻開厚重的《詩潮》，奔來眼底的是泰華新詩花盛開，大約一百卅多首詩，細讀之餘，對我來說都有啟發，不少簡短至極的佳章，令人震撼，也就是「對詩的感動」；而我的閱讀情懷總是走近「鄉愁」。茲試把《詩潮》的若干感人之句抄列（不提詩人芳名和詩題）於後：「流放的血液／如何歸復、有愛如山／有詩如畫、讓死亡後／那純粹的白色／的哀樂／渡引——我歸故鄉，就在這樣寂靜的夜晚／悲傷的回憶冉冉涌現、哭在風中／笑在雨中、沒有故土／沒有國界——浪跡天涯，夢裡的月兒欲圓難圓，讓呻吟不再呻吟／讓腳踏在真正的絲路上吧，追念往昔／那些關於漂泊的記憶，滇緬山河縈系／遊子傷離情，來自生命之源的泥土／回歸命運歸宿的大地。」除了這些感人詩句的例子，有的詩的精神和靈魂教我熱淚盈腮，如黃沙揚的〈老人〉，如劉舟的〈父親〉、如曉雲的〈鄉愁〉等等則致令我掩卷沈思，他們的意念正是我的意念；還有：「流放的血液／如何復歸，我不是過客／我是歸人，歲月如煙／斷送了多少春秋……」

詩潮的浪花，拍打我愴然泣下！於是，我不能不尋覓「泰華新詩學會」全體詩人們大致五、六百首作品俾作參考，而作為一個醉心於中華文化的滇人已準備再遇到老友周天曉時，緊握其手，表示深切禮讚！

我自己對詩的認識，覺得它最精華處是「長話短說」，而五、七個字便足以寫動山河，流透人生。前此不久，「湄南河副刊」曾不惜版位發表過高行健的文章以及有關評論，促使本人也看了《靈山》。很抱歉，我這糟老頭竟欠缺能耐，覺得彼此都浪費了時間；我居然設想，若他是詩人，以他的才華，一首長詩也許就足以留下千古不散的芬芳。

當然那就不現實了，然我並不認為「獎」能夠確定作者永生。與讀者所說的名人文章同時，曾偶然看到李少儒所寫的一段很有意思的話，它是：「李白夜夜思鄉，僅四句短詩的內涵就充滿著期盼和平的人道精神。」

說實話，近年來自己雖文思大動，胡亂發揮，但專注的卻是「詩」，因此如渴如饑讀詩，也琢磨詩以致樂而忘生活細節。存孕育一個意念使之成形的過程中，一字一句改來改去，有時驟然間竟歡喜到淚花洗面，何快如之！

專注詩，也就無形之中禮讚所有的詩人和各種風格的詩作。也因此想到自己五十年前寫新詩的熱情，我只是抓住一個意象，把詞句演化得美一點，排列起來，讓結尾有個似了未了的意境，即所謂「詩」了，寫起來非常容易，但這種快樂與天真很快便從現實生活中消逝了，代之而起的是閱讀欣賞，隨之而來的是「鄉愁」的與年齡增長同步越來越沈重，而偶爾發洩出來的往往是愴涼、是悲情。終於很長時期擱起筆，但時隔多年為什麼又學起詩來呢？不成其為理由的理由是，心裡有很多東西要寫，可旦五年十年定寫不完，而若是能以「詩」

來表達，或許就不那麼遙遙無期；妙的是真的專注於詩的「製作」時，竟遺忘「遙遙無期」的憂慮，甚至一切都不在乎了。我想，這是一個生活或人生境界的問題；詩不一定能寫得好，然而寫的本身是快樂的、是包括「苦行」的愉快。既然「寫詩如煉劍」，則苦行其當行之事是「煉」；熟行其當行之事為「煉」；精進勵志而求其必成乃「煉」……

站在詩人行列之外，筆者的想法是：詩人是可愛的，是有激情和人道精神的，是胸懷開朗而視界深遠的，是疾惡如仇的，更是友愛互助的。

當前的處境也許並不理想，說嚴重點，甚至「一言難盡」；但登高望遠，繼續「舉杯邀明月」吧！

（二〇〇一年五月十三日）

# 散文．醇酒



近些日子，常想把生活「散文化」；也想把生命變為「散文」，因散文輕鬆瀟灑，無牽無掛，類乎雲無心以出岫、雲淡風清，有時也會變化得雲深不知處。偶爾間，我們會從一篇好的散文中領略到極其美的享受，受到影響，得到啟發，甚至覺得慚愧。有才華的作家固然寫得出美的散文，但不一定是好的散文。然而，生活經驗豐富，修養功夫到家的文人學者，在他筆下，流洩出來的往往是優美的，讀來有雋永味兒的散文。梁實秋的散文中有這樣一段：「藝術境界乃是一個整個人格的表現，有關他的氣質、涵養、學問，是自然而然的反映，不是要刻意創新力求突破。」

我自己也寫過些散文，其中凡是自己滿意，而且寫了後還引以為樂的，多半是有感而發，而且那感是極之有意義的感，往往一揮而就。硬要製作一篇好散文是不可能的，勉強寫出來的，總帶有苦澀。許多年來，我常常因為自己寫不出好的散文而覺得笨，但卻清楚，此與修養與學識有關，必須慢慢來，也許永遠也做不到……

火候到家的散文，像醇酒，喝進嘴就明白，酒是愈醇愈佳，但卻須行家才明白其原因與道理。並不是個個喝酒的人懂得醇與不醇，也不是個個讀散文的人感受一致，因為散文中有境界，欣賞者的境界有程度上的不同。

今年初，本版上有過一篇陳先澤先生的〈湄南暮色〉全文加上附註不到八百個字，味兒就不止於醇了；我讀了就有很深的感觸，我自己甚至因作者的謙虛而覺慚愧。如果拿那篇短文來做文章，毫無問題可以寫出一篇深具可讀性的宏文來。但，我的興趣不在此，我所欣賞的焦點在「謙虛」這一點上，作者寫到：「腳邊水面聚著的石蓮，給水流激盪得飄呀！飄呀！石蓮根太短，著不了泥土，命中註定終生是浮蕩的。同病者相憐，輕愁似一抹浮雲在我心中掠過。」真是雲淡風清，多麼老練的筆法，可又含著多麼深遠的感慨！似想，多麼醇！多麼雋永！

我想，副刊之重要意義也就在此，時常有好文章出現，因而好的副刊也必然是永生的。寫到此，對這一小段似應該有個結尾。就在本版上，眼前就有篇署名曉風的「一張紙上，如果寫的是我的文章」，其最末一段是：「如果一張紙沒有因我寫出文字而芬芳，如果一雙眼沒有因讀過我的句子而閃爍生輝，豈不是一項多餘嗎？」

祇要虛心留意，我們也可隨處見到有深意的散文。前幾天，在一位老文化戰士的辦公桌上，看到一份「座曆」，有書本般大小，隨手翻翻，十二頁都是吳冠中一九九二年的作品，在扉頁上，吳冠中寫了一個題，「新竹高於舊竹枝」，下面寫的是：「……回顧來路，漸悟新途。當是求索者們的共識……九二年的新作，感到有新意，有進展，更上一層樓兮，尚未能窮千里目，願賜人生二百年，鞠躬盡瘁！」因這份座曆是寄給老朋友的，畫家又另寫了幾句話：「人生暮年故人日稀，各自珍重，遙寄相思。」

從十二頁圖畫中，從扉頁的題字，以及從其附加的短語。我似看到一篇很有啟發性的散文，也像灌了一杯醇酒……

（一九九三年四月五日）

# 大碗喝酒

少不更事時看舊小說，興趣只在追尋故事內容發展，有不明白的地方由它過去。以《水滸傳》為例，除震撼心靈的很多情節外，「大碗喝酒、大塊吃肉」這句話，頗具豪放粗獷之氣，由此而想到作者所用語言之典型性和藝術性，在其因文生事的筆下，文字魅力感人心肺，使愛好文學者無法不一讀再讀。

為什麼要以大碗喝酒，大塊吃肉？快活也。

從《水滸傳》第廿三回陽谷縣「三碗不過岡」看，武松共喝了十五碗酒，吃了熟牛肉達兩三斤。依常識及電影中所見，喝酒的碗比南方一般飯碗大，較湯碗小一點。喝十五碗酒再加兩三斤肉，武松真的很不平凡了。

筆者一直很喜歡這句豪放不羈的話，雖然我自己在壯年時最多也只能喝半瓶啤酒。至於肉，經驗中，比一立方寸小的紅燒肉、兩分厚近兩寸寬三寸多長的扣肉，應該就算是「大塊」了。儘管如此，我仍是欣賞大碗喝酒大塊吃肉這句話。當然，現代生活中已難見大碗喝酒的豪邁風采，有的是仿傚西方以不同形式的杯子品味不同酒類的「生活藝術」。而論到吃肉，有的人似乎以用刀叉為文明，實在說比起筷子來，前者帶有野蠻性，卻沒有解下佩刀從大塊肉上割下放在口中那麼瀟洒。

暫且從詩文中來審視審視喝酒的人生吧！

隨手取下《中國歷代詩選》上冊（詩選及《杜甫選集》係老友蔣伯炎之夫人曾怡音女士所贈送），從《詩經》、《楚辭》翻起，直到《漢詩》，一目十行檢閱到無名氏（不是近方去世的無名氏）最後的《別詩》方聞到酒味，同題的兩首詩中，有如下兩句：我有一樽酒，欲以贈遠人。獨有盈觴酒，與子結綢繆。

然後到魏、晉詩選，一開始便是曹操的〈短歌行〉：對酒當歌，人生幾何？（兩句開場，第七、八兩句進一步點明）何以解憂，惟有杜康。

之後，南北朝（宋、齊、梁、陳）；繼而唐，啊！酒來了；不是大碗喝，而是「百年三萬六千日，一日須傾三百杯。」李白之外，再無第二人詩不離酒。

一日須傾三百杯，與大碗喝酒都是海量，只是酒器不同而已。惟李白詩中的一個「傾」字，實在也很豪放。前者是唐朝詩人語，後者係宋代梁山好漢的話；既是詩文中得來，也該算是「唐宋風韻」了……

再看酒詩，李白〈襄陽歌〉句：傍人借問笑何事，笑煞山公醉似泥。遙看漢水鴨頭綠，恰似葡萄初醱醅。此江若變作春酒，麴壘便築糟丘台。清風朗月不用一錢買，玉山自倒非人推。

〈贈孟浩然〉：吾愛孟夫子，風流天下聞。紅顏棄軒冕，白首臥雪松。醉月頻中聖，迷花不事君。高山安可仰！徒以挹清芬。〈自遣〉對酒不覺暝，落花盈我衣，醉起步溪月，馬遠人亦稀。〈重憶賀監〉欲向江東西，將誰共舉杯。稽山無賀老，卻棹酒船迴。〈客中作〉蘭陵美酒鬱金香，玉碗盛來琥珀光。但使主人能醉客，不知何處是他鄉！

翻開《唐詩三百首》大致檢閱一遍，酒詩仍是李白天下，而其酒詩美得醉人。杜詩酒氣不重，有趣的是他的酒詩都談別人，例如〈贈李白〉：秋來相顧尚飄蓬，未就丹砂愧葛洪，痛飲狂歌空度日，飛揚跋扈為誰雄。〈飲中八仙歌〉（指當時嗜酒之詩人賀之章、李璡、李適之、崔宗之、蘇晉、張旭、焦遂及李白）中，據撰書人所註：詩中描寫諸人性格特徵以及某些人的藝術成就，寫李白最為突出；它是：李白一斗詩百篇，長安市上酒家眠，天子呼來不上船，自稱臣是酒中仙（「斗」該比「大碗」還大）。

唐詩中，李白之外，也還有不少動人的酒話，如王維的〈渭城曲〉：渭城朝雨浥輕塵，客舍青青柳色新。勸君更盡一杯酒，西出陽關無故人。孟浩然的〈秋登蘭山寄張五〉句：何當載酒來，共醉重陽節？

大略欣賞了一些古詩人的酒詩，似乎不醉也醉。而大碗喝酒在想像中也就更加美麗，更加醉人；也許醉人的因子是在既有圖象而組合美妙的方塊字。漢字所具有之智慧，使詩美到極致，而應用之妙廣闊無邊……

一點不含糊，我對「大碗喝酒」深有好感；雖我不善飲而喜歡酒，似乎仍增添了些快樂。每天三餐時我都望著酒櫥，很多年前曾試著飲一小杯，叫「牛眼睛盅」的一小杯慢慢下肚，便有點飄飄然之感，同時聯想到大碗喝酒後會是什麼感覺？但祇是想而已，未曾試，也不敢試，很不夠膽量，也似乎缺陽剛之氣。然而這是小事情，自己絕未因此不好過，也許更重要的是謹慎小心，寧願捨棄飄飄然的快活，當然也可以說自己沒有酒量，沒有能夠承受大碗酒的體魄。但無論如何，我喜歡「大碗喝酒」的生活文化模式，甚至想著有朝一日定要試它一試。有趣的是，自己曾在試飲一小半杯時與老婆透露過這個喝酒願望，哪知女人的「應用之妙」令人笑痛肚皮而恍然大悟。妻子說：可用大碗，少倒點酒，不也是大碗喝酒了嗎？真是「一語驚醒夢中人」。當然這只能當笑話。

中國語言的妙處，還得看人的領悟境界，如果把藝術性的誇張當真，豈不成死水一潭。比說：「酒逢知己千杯少」，之後又接上「君子之交淡如水，就以茶當酒罷」。多麼輕鬆，真的四兩撥千斤，其中有生活藝術極大空間與幽默性。

話要捉遠一點，但卻是言歸正傳。筆者多年前在文章中透露：家中積了多種酒，就缺「花雕」一樣，之後不久，主編林煥彰蒞臨曼谷，自己備了一瓶「茅台」為見面禮，接到的正就是一瓶花雕。詩般美好的後面，還有一籃詩人的思緒，林煥彰就這麼可愛。而友情比酒還要醉人……

想起在泰華報界半世紀多，雖不善交際卻已認識不少酒中仙，初進中原報就住進大寢室中，有個名叫「夜孔」（真名林振明）的同事。他的面貌是十足泰人，但醉倒在地時，酒言酒語中會吐出「人生得意須盡歡，莫使金樽空對月」這類的詩句。大致他記得不少李白的詩，他天天喝「夜孔」，和他逛兩個小時馬路，每經有酒賣的小店，便沽一小杯喝下。應酬時也喝啤酒，後期身體轉弱，仍見他大杯大杯往口裡送，喝到再也灌不進嘴，便舉起杯子從頭頂澆。他已不是貪，而是愛酒，甚至想一醉不起。我看到這樣情景時，有非常複雜的想像。

近期相往來的已多是文友，幾乎都酒不沾唇。諸君子似乎非不善飲，而是不飲。當然我還注意到，近些年除了酒會中有「威士忌」外，一般筵席已多不注意酒。這種情況之下，我好像愈對「大碗喝酒」的氣概由衷欣賞。

是時代進步了而不聞大碗喝酒呢？是人的腸胃小了而使「大碗喝酒，大塊吃肉」在古裝電影中獨領風騷！

當想到人為什麼活著時，會聯想到酒的問題上來，總覺得酒與人生，與文化和生活藝術有非常有意思的牽連。故自古以來，英雄、詩人；人的歡樂與憂愁，都與酒有解不開的千千結。

實情如此，不能喝酒或酒不沾唇，同樣可以欣賞、想像大碗喝酒的痛快和豪放。

似想，花間一壺酒，獨酌無相親。舉杯邀明月，對飲成三人。人，有時候多麼寂寞；而月亮一直是寂寞人的朋友。這是理念上的細膩，感情上的寂寞。與大碗喝酒的豪放或快活格格不入，但同樣是人生哲學與文化藝術。

（二〇〇五年十月廿八日）

# 流水小橋入夢來

距今五十多年前，一九四八年七月中旬，曼谷還有昆明五月的艷陽，下雨時絕無重慶所見的細雨濛濛，而是豪放的傾盆降落。我開始覺得驚奇和驟然激動的是，既沒有任何人戴帽子，也無傘的牽掛；他們從容來往，又或是站在街邊屋簷下避一避，雨小了、稀了，再繼續行程。顯然的可以看出，生活在這裡的人，似乎並不急於要做什麼？我彷彿見到這裡的文明就是溫柔和安於本份的生活，如此節奏震撼了我從來善感的心靈，也一時間減輕了我對文化融合的懷疑……

從耀華力彎過三角路，向帕南四而去的電車，掌車人一路踏響「噹！噹！噹！」，走在電車路上的人有時是被別的路人一把拉開。華喃蓬火車總站望過來，當前亞洲日報左邊那一帶有一家很寬的「考經」（泰國湯菜）店，廿五士丁一盤，食量再大兩盤也就飽了。冰水一個丁一大杯。須上兩級木階才能進入這家生意興隆的食店。我在亞洲日報工作時間，每走過這地段，都想起當年胃口大開的時節，以及電車噹噹而過的有趣的鏡頭。詔坤巷口稍深入十多步路，牆腳邊有一位被稱為「阿婆」的賣考經老婦，從容不迫，一幅慈祥的面孔為坐在她前面五、六位顧客服務，收錢時她那麼歡喜，看得出她的日子過的非常快樂輕鬆。我有三兩個朋友就在詔坤巷裡一家姓余的廣府人家樓上教補習，所以也曾多次坐在街邊矮凳上，品嘗考經，至今景像清晰。

五十年前的曼谷，是隆路還沒有三層屋宇，從孟叻到帕喃四左邊是電車路，路邊是河流，或有小木橋，河那邊是綠樹中稀疏的小木屋，有比較寬大的一所木屋是「屏泰報」所在。是隆另一邊的特點，一是「越客」（印度廟），一是墳場地帶，路兩邊還有很多蒼天老樹。

五十年前的曼谷，生活節奏之優閒從容，只有白髮老人仍津津樂道，要想過那樣的日子，在當今世界上，是無法找得到的了。

在我的感覺中，曼谷人的生活品質表面上是提高了，實際是降低至足以令人難過的程度；五十年前隨處可見的道德良心好像被風化了許多，甚至很少見得到和感覺得到了。也許是現實節奏逼人如此；舉個非常可愛的例子來說，當時的公車大半節是窗子，也沒有門，登車口有鐵條扶手，一般稱之為「白車」，坐位一邊一排，無位坐就手拉車頂鐵條。那情形下，如果有緊急剎車，便不堪設想。然而那時一般車子都並不著興飛駛，車開出丈許，後面還有人一面追一面叫「吊」（等），而坐在車上的人也幫忙出聲，駕車人也就慢下來，讓追車人趕上，車上的人則伸手拉追車人的手，俾他登上慢慢行進著的車子，皆大歡喜。我初次見識至那種情景時，由衷欣賞，也無形中感到生活的味道和人的味道，特別是泰國人的樂天隨和味道，好像人世間並不存在有什麼該急該緊張的事情，一切慢慢來，帶玩帶耍的過日子。我愛上泰國之同時，也為這種生活態度著迷，認為這般從容度日很有意思。

現在最繁華的沙㩒細塊，五十年前相當清靜，麗都、沙㩒戲院這一帶古木蒼天，一直到世貿中心、愛侶灣這一帶，還見得到綠草如茵的景致，四面神只是個小神倉，香火旺盛，隨著愛侶灣大酒店的興建，四面神舊貌新顏，致成為景點。拉把頌四角一邊去水門左彎碧武裡路，一邊有使館，好像在森林中一般，另一邊有與是隆路一般的小橋流水，然後是木屋人家，環境幽靜極了！不久這些桃源般的仙境，隨著無情的歲月，無情的變成水泥堆的世界，變成堅硬的世界，往昔的園林，小橋流水高腳木屋，成了耋耄的白發人的渺遠記憶，也許這些老人曾經傷心嘆息，但傷心嘆息也將煙一般消散。

經過五馬路的公車可達玉佛寺再過去的柴珍碼頭，連帶著佛寺的許多屬於泰國古建築，最教人由衷感動的是尖尖的塔之彷彿鑽入雲霄，黃裟群僧與金塔和金黃廟瓦潑出一片歷史及宗教的崇高。進入玉佛寺，走入舊時皇宮，靜悄悄的嚴肅，像低語和你講述這個民族的史詩，你沒有聽到什麼，卻已領略到人的心靈對藝術和宗教的嚮往，而原來藝術文化並沒有界限；大致凡是正常的人都會因藝術而動心，因文化而動心，因對宗教的虔誠敬仰景像而虛心起來。

五十年前所見的許許多多點點滴滴，後來慢慢的見不到了，抬放大鏡也難以尋覓了。在清晨的是隆路電車上，我發現有人一時間摸不到買車票的士丁，另一位乘客幫他買了，然後受者微笑，雙方微笑，而告別時方才這樁友誼已沒有什麼牽掛。我還見到有人一時因鄰坐的人抽煙，使忘了帶菸者一時間癮來，只好向有煙的人伸手求援，抽煙的人立刻取出奉上，接把手中已燃的遞給對方，然後彼此微笑，然後不辭而別。類似的社會人情畫面，我不僅此於欣賞，還一直以研究的態度追蹤其背景和原因，粗略的一個簡單結論，應是這片土地的得天獨厚，而佛教的悠遠教化陶冶使這個民族傾向於平心靜氣，樂天知命，有與無之間同等。

我當然離不開深受儒家思想薰陶下的文化坐標，來看佛教和婆羅門氣息再加泰族自己的歷史滄桑而鑄成的生活文化，結果獲益不淺，而泰中兩個民族之間，生活習慣本已接近。原來佛教文化早已駛入中原大地儒、道文化之中，在地緣上，中土南部邊區正是泰族和佬撾文化的接壤，時間已經非常久遠。然而有趣的是，不同民族之間的混合和相處，卻是一門既淺又深的經驗和學問，並非一蹴即至，永遠有能分辨的印證。

在我的印象中，曼谷或整個泰國的大變化是從一九五五年就開始了的，一個有東方威尼斯之稱的曼谷、水道縱橫貫通的曼谷，迅速變成了與多數城市近乎一個樣子的水泥世界，所付出的代價是割捨了本來可別開生面塑造的美麗大庭園。人們固然會驚嘆曼谷的高樓大廈群之廣闊雄偉，但不免也會懷念小河四通八達的優美與安靜自在，早晚的蟬鳴和鳥啼……

（二〇〇六年四月十九日）

# 小詩成大器

二〇〇二年水燈節（十一月廿六日）前，佛都處處可聞「萊戛通」的聲音：這是充滿詩意和浪漫色彩的節日，也是寄託新願望的時光。《世界日報》副刊（以下簡稱「世副」）勤快的園丁，在電話中把新的耕耘計劃略微向我透露，諸如由作者們寫「刊頭題字」、「刊頭詩」和「心靈小品」等，也邀筆者務必用毛筆寫「湄南河」三字。我素來很保守，對林煥彰主編的新點子，提出許多可能碰到的困難；雖然如此的對一番美好打算潑以冷水，但也不忍推卻，寫了所要的版頭字。主編的結論是「試試看」。

二〇〇三年第一天的「世副」新姿態出現，自己除了不好意思那三個不好看的字外，對整個版面眼睛一亮，有可喜可賀的心情。日子一天一天的過，心一天比一天安。不久，《世界日報》全部文字改為橫排，「副刊」因此徹底的變了。

本文見報時，新的「副刊」已一年半有餘。以筆者觀察，主編以散文、小說和詩平行發展外，更偏重於專欄的呈現，並以名人佳章提高園地境界，諸如名詩人瘂弦的詩論，以及像陳之藩的《廿世紀廿人》等不可不讀的好文章出現，且配以有意義的圖片。致「每月話題」、「花的詩」、「花的散文」、「生活小品」、「最短篇」等欄目，分別穿插，你來我往，各有品味……

以上是「世副」一年近七個月的輪廓畫。縮小範圍，讓我們來談談「刊頭詩三百六十五」，到今天為止，已刊出的「刊頭詩」已達五百六十多首。這個短詩欄之出現，為時一年半，在泰華愛好文藝者心目中，已是最受關注的詩風；已成了氣候，毫無問題，這是主編的聰明構想所致，近數月來，更增添了落蒂的「小詩賞析」，甚受喜歡寫詩和讀詩者的喜愛和關注。落蒂先生筆下，錦上添花，使許多小詩更亮麗起來，使廣大讀者在對詩的欣賞方面開了竅，也激勵了喜歡寫新詩但分不出時間的詩人們技癢時，寫下短短的靈感。這已是有目共睹的事。

僅就「世副」而論，小詩已形成氣候，各方面的朋友都有此看法，而且認為這是一件非常值得重視的文壇大事。對此，也許林主編因忙於耕耘而沒有發現；也許因身在芝蘭之室而未聞其芳香，也許正「拈鬚而笑」……

在以往刊出的五百六十多首小詩中，智慧花朵頻開，精品紛呈，對所表達或暗示的意境或哲理，如果有人能分析整理出來，當是一件很了不起的事。當然，這是很不可能的事，像落蒂先生那樣的賞析，才是恰到好處，可行之路。畢竟是詩，各人的風格不同，境界各異，任其自由發展，正是大道。如果以數目而論，人人知道有唐詩三百首，則到今年除夕，刊頭短詩便將有七百卅首之多，而在過去已見報的作品中，就曾有只七個字而寫盡以有涯隨無涯的生命時空感嘆；有只短短四句簡單明瞭的語言，寫盡了一個位居「第一人的一手遮天與二千三百萬人的無奈。這只是一時想起來的例子，精采的、令人迴腸盪氣或如醍醐灌頂的精品，太多太多，這是「世副」的豐收，自然也是「世報」的成就。

筆者要強調的是，因刊頭短詩的天天滌蕩，像大江中的石塊，雖奇形異彩，欣賞的眼光都是眼光，石塊都是大江中的石塊。於是，從浩浩蕩蕩中，從細水長流中，產生了共識，養成都關注和樂意參與的氣候。而這，就是一股詩風，小詩之風；在曼谷還正在有一本「湄南小詩」在孕育中……

在這麼個詩風的背景下，筆者一時間想起不少有意思的話題，在此順便一敘，聊作對世副的喝采。且說愛爾蘭籍的詩人享尼（得過諾貝爾文學獎）曾說過：「……若是作家以金錢為寫作的目的，確實會在作品中充滿市儈氣，格局自然也就受到局限……」這使人想到，「刊頭詩」之不設稿費乃是高招，它首先尊敬作者的清高，因而精品紛至。

再是腦海中彷彿還記得，廿年前有人說過：「新詩還沒有定形，正成為新詩的特色；新詩的藝術生命還在無拘無束的成長發展中。只要以新的形式新的技巧，表現個人新的內涵的詩，就是新詩。」這本來已經是老話，但在「刊頭詩」這陣詩風中，卻彷彿見到「形」的意思，那就是短，而往往都不超過六句。但在內涵和技巧方面，卻花樣翻新，既活潑又敏銳，意境既深而有曲徑通幽之美，也有開門見山的明亮直爽。

歷來有人讚美舊詩無論在形式與技巧均已在固定的方法上，因而熟讀唐詩三百首，不會作詩也會吟。則創作的意味喪失了，致市井多有詩章出現，而毫無真趣。不過，苦覺近期的「文友素描」五言詩，卻又不一樣，鮮活和帶幾分幽默。

舊詩也不一定非照格式不可，李白杜甫就偶有一首詩裡五言、七言甚至十數言並用者。而著名的陳子昂卻詩詞不分，寫下：

前不見古人
後不見來者
念天地之悠悠
獨愴然而涕下

這是感人至深的名句，這樣的格調，我們彷彿曾在「刊頭詩」中，時有發現。寫到此，筆者突想起老羊說的：「怎麼寫都是詩，各有各的風格。」真是瀟灑之至！

回頭來，筆者得再找林煥彰主編，因為他是詩人。他倒絕不是瘂弦最近題目〈百無一用是詩人〉；他是像他很多年前所寫的《心香集》中的詩人一樣，他的文章中有一段是這樣寫的：

如果有人問我，你信仰什麼？我當告訴他，不必遲疑的說：
我信仰詩和愛。
因此，如果需要禱告，我只有一句話，且永遠不變：
請給我詩，和一顆永愛他人的心吧！

我想，就是憑他這個信仰，才終於灌溉出這股小詩的氣候來的。

（二〇〇四年七月九日）

# 刻骨銘心的景象——六十年前長江上游的拉縴夫

一九四二年，是抗日戰爭最艱苦的時期。但是，人們更能見到和感覺到全民抗戰的民族精神與不屈的民族魂。那年秋天，我幸運得到一個到陪都重慶參加夏令營的機會，我認為這是投身抗日救國的開始。

費盡氣力，買得一張由昆明到重慶的機票，乘的是由軍用機改裝的小型航機，乘客兩邊坐，座與座間靠安全帶為界。飛機降落嘉陵江中的珊瑚壩前夕，鳥瞰山與山間江中的珊瑚壩，那麼小，都提心吊膽；只是我初生之犢卻興奮的掉出眼淚。身在重慶，大開眼界！下飛機後便提著竹箱登石級，同時眼見滑竿兒（把兒連著講才像四川話）飛也似的往上飄。這是我初次見到天府之國的奇景。之後，經一問再問，走到離兩路口很近的蕭家灣，進入掛著「雞鳴早看天」的小旅店，房間只比床稍大一點點。有了落腳點之後，便就近找一家茶館坐下，一來解渴，二來有意想找點「袍哥」味道。我說要杯開水，立刻聽到店小二應道：「哦！玻璃」，我登時要笑出來，把開水名之曰玻璃。至於袍哥，是聽來的，當時重慶「哥佬會」的龍頭大哥乃是鼎鼎大名的范哈兒，連上海的杜月笙也買他的賬。

在茶館裡，嗅不到什麼袍哥味，但見「擺龍門陣」的哥兒們都瀟洒自在；有爭吵時最多捲捲袖子，不出拳頭。後來才知道，其中便因袍哥言語致「不傷和氣」（袍哥有字派、有隱語）。

三五天的四處見識，儘管日機時來侵擾，民氣並無半點軟弱，有的是「流盡最後一滴血也要和鬼子拚」的精神和標語。終於，很快我就在長江上游之濱，因見到真正出力流汗的景象而忍不住哭起來；催淚的不僅是「嘿合！」「嘿合！」低沉而有節奏的聲音，還有高亢的號子的吟唱。我遠遠追隨，但捕捉不到號子吟唱的內容，只是體會出來，號子在鼓舞拉縴夫的士氣，在指揮和安慰著身彎四十五度沒有穿衣的勞動漢子群。拉縴夫彎身在江之邊緣，拉著貨船逆流而上，看來非常吃力。所有的拉縴夫須步調一致，望著地使盡全力往前走。「嘿哈」之聲是拍節也是嘆息，以資減輕痛苦；耳朵聽著號子，使提高警惕在合力擔負重任，使心裡滋潤著生之安慰。最現實的是活著，活著就要流汗出力，何況其中多數還為了養家……

我彷彿這時才真實的看到生命，見到生之艱難，從而隱約見到中國抗戰的真潛力。當時，我腦中盤旋著是年開春之時馬寅初教授講的非常感人的話，他說：「抗戰已經四年，四年來是下下等人出力抗戰；以後應該由上上等人拿出良心獻出力量。」這就是我見到拉縴夫拉縴的景象而哭起來的原因和背景。至今想起當年情景，我仍禁不住隱泣揮淚，此時亦然。

我不知道什麼時候起，拉縴夫的辛勞很少有人提到，但我一直以為現代中國人必須稍知六十年代前或近百年來的中國境況。

下面是我擬的號子，共三段，每段之後是拉縴夫的「嘿合」卅六聲；三段號子輪流，須唱得山鳴谷應，足以動心，唱到船抵目的地為止。

號子第一段：

大江東去何瀟洒，寶船逆水而上。男子漢大丈夫喲，流汗出力做人；流汗出力筋骨壯啊，嘿合（聲音拉得很長）

拉縴夫接上：

「嘿合！嘿合！」（卅六聲）

號子第二段：

步步踩穩啊，雙目望腳下。肩擔大任喲，生活就靠艱苦行；腳踩泥濘小事情，撐天就靠老子慢慢行，嘿合……

拉縴夫接上，重複：「嘿合！嘿合！」

號子第三段：

終點在何處，終點在前頭。行行復行行啊，汗滴長江邊。到時先喝茶，再端冒兒柁（滿碗堆高的飯），還有一勺紅燒肉，勿妨喝盅白乾兒（酒）。帶好五個銅元，婆娘在等你，嘿合……

拉縴夫照樣：「嘿合！嘿合！……」

俄國有《伏爾加船夫曲》感人肺腑，具千斤之力，雄壯昂揚，也催人淚下。我以為如有一曲《拉縴夫與號子吟》的歌，把高亢與低沉兩種聲音鮮活的譜在其中，定非常震撼人的靈魂。如今我所聽到的，是由女高音唱的號子，每一聽到，六十年前深印在腦海中的拉縴夫景象便在眼前出現，而且想起有些拉縴夫根本連褲子都沒有穿；其實穿與不穿，在幾乎沒有人跡的江邊，四十五度的彎腰慢步移動，少有人見，見到了也近乎是很平常的事情。

開頭時說的是參加夏令營，但要寫的主題是當年長江上游的拉縴夫拉船景象。則目的既達，別的也就用不著「數家珍」了。唯一希望的是，如有人收集有號子的吟唱內容，或是更真實生動的拉縴景象，望能提供出來。以讓如今身在福中的人略知當時中國艱苦抗戰的一些震撼人心的景象。

（二〇〇四年八月七日　寫於曼谷）

# 麗江無城 1

日前在「旅遊休閒」版讀到由黃應良先生寫的〈麗江結緣綠雪齋〉一文，「綠雪齋」三字即時引發搖筆桿的興趣。我想，經營這家茶館的老闆很聰明，如應良先生所寫，「綠雪齋」是典雅幽靜的，叫一壺用麗江玉龍泉浸泡茗茶，觀賞真正屬於中國茶道技藝，再在縷縷茶香騰升中，享受那閒適的雅趣。……

這位具陶朱風的先生很會做生意，他賺了錢而似乎商業氣息不怎麼重，其風雅運作必使源頭清水越來越旺，而納西人文同步播芬芳。

「綠雪齋」之名應係來自一九七六年出版的《霖燦西南遊記》，在此之前李霖燦教授與其好友李晨嵐暢遊了麗江，他們登上玉龍山，其左為雪乳峰，也稱玉乳峰，峰上的白雪已凝為石頭像是凝固了白色的水門汀，大塊大塊的削斷面，一層一疊地都在發出翠綠色的螢光，綠色的雪如此嬌艷，使人一見，終身不忘！李晨嵐先生一見，興奮之餘，高叫我就是「綠雪齋主」了，下山後即以青田石刻了「綠雪齋主」方章。李霖燦與李晨嵐遊麗江，其名聲雖不及徐霞客與楊慎，但徐霞客到麗江時，因大霧籠罩，未能見大雪山的盧山真面，故李霖燦到西南時，其口號是：「繼徐霞客未竟之志，寫我國西南山川之奇。」因此，《霖燦西南遊記》必是麗江風雅人士所收藏的寶典無疑。

「緣雪齋」三字既未註冊專利，自是大家可用，但現今這家茶館必然登了記，別人照用可能就會有麻煩了。然而，照筆者想，在麗江要開茶館，足以招徠顧客的雅名還多的是。

多年來一般寫麗江去來的文章，都常提「麗江古城」，中國近期的報導也不例外。稱「麗江古城」一點錯都沒有，習慣上一個有名的熱鬧市鎮當然可稱之為城。只是在我印象中，因為麗江實際無城，老一輩的納西人定不會說「我們麗江古城」，那幾位彈唱「納西古樂」（洞經）的老者，大致會常說「麗江大研鎮」。至於青年人我就不知道了。……

麗江納西族最早的土司姓木，後人稱「木天王」，漢文根底厚，他想一旦築了個城，木在框中，豈不成困？因此他不築城，且告誡兒孫不可築城；麗江歷來是木家的勢力最大，納西人也尊重他，大研鎮因此四通八達，是「茶馬古道」和「西南絲綢之路」必經之地。麗江一些有識之士，皆認此以無城致不受困有關……

當年的木增土司與繼後歷代土司都堪稱英明睿智，明末歡迎徐霞客到麗江的木生白土司，也是人品高雅，詩文極好的領袖人物。木生白有件令人迷惑的事，因他嘴上有兩道紋路生得不對，相士斷定他將來死了要沒有棺材。果然有一次他上了玉龍山，就此沒有了下落，因此納西人傳說「玉龍山上有木天王的白玉城；木生白土司是找到了最美麗的死所，既在四面白雪當中，又在美絕人寰的玉龍山上！」

因無城之困，大研鎮一直發達走運，納西族人似乎都有木天王神靈了得的觀念。筆者很愛麗江，因此最先用的筆名是「麗江」，如果我要寫篇與麗江有關的文章，寧可稱麗江為「古麗江」而避免用困人之「城」字。

麗江獅子山東麓的「木氏家祠」，一度僅依稀可見遺址，近些年又重新修建恢復舊觀。即使從當年的遺址殘存建築中，也可概見其宏偉之氣勢及高超的建築藝術。據《木氏宦譜》載：明萬曆年間，世襲知府木增多次向朝廷進貢白銀、良馬，並派精兵參加平叛。神宗皇帝嘉其忠誠，先後授予雲南布政使司右參政、廣西布政使司右布政、四川布政使司左布政、太僕寺正卿等銜頭，並親筆御賜「忠義」二字，頒下聖紙，恩准木氏建造功德牌坊。可惜位於土司署前的這偉大建築「忠義坊」在「文化大革命」中被拆毀，只坊前的四頭石獅幸免於難，被移至玉泉公園門口展示；滄海桑田，令人感慨，無趣而掃興的筆墨，只好省下了。

雲南滇西三山，乃「雞足」、「點蒼」及「玉龍」，論景色雞足最平凡，點蒼最清幽，玉龍最偉大。但旅遊玉龍山要有心理準備，別太興奮。有個真實故事，當年西南聯大邏輯學教授金岳霖，翻過劍川和麗江的山脊分界時，眼見三峰一湖之勝立刻使他自馬背上一躍而下，就在那山崗之上大叫大跳！當然，他只是喜歡得像瘋了一般，遊古麗江者大可用不著擔心，有機會大叫大跳，畢竟是件快事！

（二〇〇〇年四月二十日）

[1] 本文中若干段節係根據《霖燦西南遊記》所述增刪應用。

# 水燈·碗燈·修禊

在泰國，水燈節前幾天，無論你走到什麼地方，均可聽到《水燈節跳喃旺》（RUM WONG WAN LOI KRATONG）的歌聲。輕鬆、活潑、浪漫，鼓舞著你和牽引著你，使你的感情激動，躍躍欲試。我，總是心嚮往之，如果當場有舞著的人群，我的腳便難以控制……

水燈，使我想起小時在家鄉聽見的碗燈。碗燈是在碗的周圍黏上兩寸高的紅紙，碗裡裝菜油，用棉花搓一小條燈心，以銅錢串入，點上火就是一盞碗燈。跳碗燈是兩隻手掌都捧上一盞，配著鑼鼓，在擺滿碗燈的場地又跳又舞。這是道家的驅邪迎祥儀式。佛家則有頂碗燈的祈福儀式，把一盞碗燈頂在頭上，群體邊唸彌陀，邊穿梭來去飛也似的跑動。這叫跑碗燈。跳碗燈或跑碗燈都屬宗教儀式，群眾沒有參與的份。不過，有些地方例如麗江，卻也有人把碗燈放入流水中讓它飄去的，放燈的人念念有詞，不外是求平安，在現實生活中添上點夢幻……

泰國的放水燈還使我想到中國古已有之的「流觴」，也就是由水流觴。流觴是把酒杯放入彎曲水道，酒杯漂到誰的身旁，誰就得飲酒作詩。日期是三月三，除了是文藝活動之外，也有迎祥的意思。曲水流觴活動始於漢朝，稱之為「修禊」。晉朝永和九年在紹興山陰道上的蘭亭，就有過謝安、王羲之、孫綽及王獻之等四十多位名詩人的盛會。王羲之的〈蘭亭集序〉不但使蘭亭名震遐邇，也被歷代文人推崇為千古書法傑作。似乎還有必要說明一下，據董思明〈賞古鑑今話紹興〉文說：

流觴亭又名曲水觴軒，是一座宏麗而又崇雅的建築，分前後兩廳。廳外有一長方形水池，水草豐美，魚翔淺底，這就是曲水的所在……

修禊似乎已成絕響，筆者只是因放酒杯於曲水漂流與放水燈拉得上關係，乘機扯上一筆。修禊也好，耍碗燈也好，顯然是不像泰國的水燈節之大眾化，人人共樂共享，歡天喜地，與宋干節相呼應，活潑浪漫，任由發揮，說它是情人節也不為過。當然，放水燈一般是藉機許願或祈福。

水燈節跳喃旺的歌聲不但令人歡樂愉快，也把眾人的情緒連系起來，和睦相愛，大家快樂。泰語用「款速」（KUAM SUK），似乎與快樂不盡相同。而與KUAM SUK相連的則是「煞擺」SA BAI，較之中國話的「舒服快樂」好像更勝一籌。

水燈節與宋干節一樣是泰國的歡樂日子，從這兩個人人歡樂、人人慶祝的節日中，可以看到佛邦的安詳與平靜；佛家與人無爭和從善如流的生之境界。當然，必須有愛心，方能從所見的平凡中，體驗和睦，享受自在。

（二〇〇〇年十一月十日）

祇為了聽鄉音，也為了想見些陌生的家鄉人，前此不久我又往泰北山區跑了幾天。我雖非探險，但確實帶有幾分險，畢竟自己年逾古稀，行動遲緩。但不管怎樣，我是為消遣而去的，是為不成其目的的「目的」而去的。

那輛登山小汽車開得飛快，使我想起數十年前就已印入腦海的一句話來——「行船走馬三分命」。此時我寧願別想這些，但腦子比車輪快，閃過一樁樁危險。這時我問：「小弟弟，你幾歲了？」

「十八歲，我十四歲就在緬甸開車了。」

後來我知道這個足以參加登山汽車賽的青年名叫張寶。張寶把我送到山間小村，然後說：「伯伯，這裡一百家人有九十九家是我們雲南人，你放放心心去串，這裡治安很好，沒有壞人。真的是道不拾遺，夜不閉戶哩！」

才廿分鐘光景，我住進人人稱段老師的小雜貨店中。雜貨店在一邊，住家出進是另一邊；段老師給人的印象是和顏悅色，對人誠懇。我自己作了簡單介紹後，他說：「久仰你家，歡迎歡迎，這裡非常簡陋，請將就些。我這雜貨店，這些日子，就我一個人招呼，類乎店雖設而常關……」

「打擾了！所需費用我當如數奉還。」

段老師有點不高興，說道：「老者，別提費用的事，你若如此看晚輩，我就只好不招待你家了。」

我趕忙接道：「段老師，衝撞了，請原諒！那麼，別為我添菜，有什麼吃什麼，如把我當客，我就心有所不安了。」

也不知從何話題開始，段老師一直講這村子先先後後所發生過的舊事。曾經談到柏楊，段老師說：「柏楊當年就在這裡訪問的；他筆下關於泰北的作品具有煽動性，但內容中許多道聽途說，但無論如何，他對人與事還多少算是公道。」

段老師是謙虛的，但對人和事，批評談論都只點到為止。談話間，有個年紀與我相若的矮胖子老頭參加進來，他沒頭沒腦的說：「多少年了，外地人總以為這兒有毒品買賣，還有些人想到這兒來整三口，結果失望而歸。」他言有未盡，實又添了一位道貌岸然的竹竿形老人，也是老人，後來知道他居然是「能知過去未來」的看相人，姓楊，外號「靈谷子」，他見我是遠地來的，便自我介紹，然後開口道：「千金難買老來瘦，你先生壽眉似馬良，貌似聰明兼老實，善言卻帶木訥，此乃高人之相。先生性格剛強直爽，不畏權貴，家庭幸福，清譽遠揚，人在福中。鄙人所言如何？」

我道：「誇獎成分居多，相金多少？」

「命不白送，三十銖足矣！」

我即時從袋中取出百銖，雙手遞交，同時說：「見面是緣，圓滿亦緣，哂收是荷。」

我揣想其人對山間人情世故稔熟，乃淡淡的挑起其談風，終於他洩漏了一些一般人不感興趣、而我卻非常喜聽樂聞的時人品德習慣。具有飽滿人生經驗的相命先生來自美斯樂，他說當年被稱為希公者，豹子面形，略有些虎步龍行之姿，其人雙手不下垂，與此間總指揮一般。

我一聽之下，大感興趣，蓋其所說兩位一方之雄，我均多次相與散步閒談，飲茶吃飯。腦中確無他們雙手下垂的印象；此二人多半不是抱著或反扣雙手在背後。此二人一位已歸西，另一位聽說在養病，近年有三兩本關於他的「傳記」，都是故扯。

相命先生見我若有所思，也就坐著不動。段老師添茶之後，我微微點頭示意勿妨再談。

「此間從前有位賽諸葛，人稱參謀長，膽識過人，韜略不凡，他不煙不酒，衣冠行止端整，戰無不勝，攻無不克。」此時我打斷其談風，想試試他的見識，說聲：「對不起！請講點他的事蹟以證實先生所言。」他毫不遲疑，開口道：「一、智擒大毛子專家，交換一方之雄；二、身陷火網而終於以少勝多；三、以閃電手法迅速奪取兵家必爭之險，……」我再度打斷他的談話問：「其人現況如何？」

「古今多少事，盡付笑談中。」

相命者彷彿遇到知音，繼續海闊天空之談。……

相命者所提到的「賽諸葛」，與筆者有表襟兄弟之親，我欣賞他的智慧，他也喜歡我誠信，因而就曾在這山區交換過一些對天下大事的看法。時間雖然遠去，一個人能留下多少好評和讚美，可見公道自在人心。我到這兒來，為的也不過撿拾一些回憶，也許還有許多文章要寫。

在滿星疊息了一夜，我懷著無限的感慨於異日一早登程，中午時分抵達美塞。先買了返曼谷的票。之後，新街訪友，老街談天，夠夠的聽了鄉音，透透的說夠了家鄉話，欣賞了別人所不能覺的雲南人的風采，也在同鄉人家裡吃了豌豆粉、玉麥粑粑和過橋米線。

臨離開美塞當天一早，我就到通往大其力的那座橋頭去徘徊，想尋找多年前和我坐在橋邊聊天的那位老頭，我不知他姓甚名誰，因此見不到也就問不著。相隔十幾年，曾經見過的老人無影無蹤了，這本是平常而自然的事，然而我卻望橋灑淚；灑淚的原因正是我不知他姓甚名誰，我們彼此不曾相約，而我卻類乎專程而來，沒有什麼送給他，卻非常想見一見他，祇因數十年來我與他曾數度相遇，瀟灑話既往秋海棠葉上的往事，但竟不交換姓名住址，一心以為，來日方長……

在這橋頭上，總有人會認出我來的。

海寰千裡闊，天心方寸寬。我正徬徨間，那瀾滄老劉走到面前來。很有點「夢裡尋他千百遍，驀然回首，其人竟在燈火闌珊處」的感覺。多少年來，我凡到橋邊來都見到他，幾乎是一輩子了。他就孤身一人在這兒謀點蠅頭之利餬口，縱使他一直懷抱著歷史文化悠久的中華，但偌大的中國那會關心到一個流浪在邊緣的當年小兵；他已被遺忘，同樣他也遺忘自己還該有什麼權利，甚至如娶妻生子的念頭都已緲茫遙遠，他像斷了線的風箏……

他見到我非常歡喜，我再見到他竟致眼淚奪眶而出。多少年不見，一見就又驅散所有不見時的傷心往事，去國後的遭遇，人與人間的悲歡離合。我與他僅只是五十年前在這橋頭認識，而彼此並未細述身世；我只是一個他的顧客，一個肯和他坐在橋邊談東南西北往事的新聞記者。當然他告訴我，另一位老鄉人早已不在人世。

在他腳邊，擺著些緬甸捲菸，也有中國來的幾種名牌香菸。他就靠此小買賣度日，但臉上沒有一絲憂愁，我同情他也羨慕他……

兩個小時瞬即過去，我必須告別這個五十年前就曾經走過的地方，心裡依依不捨。霎時間，我向老劉買了兩百銖的香菸，說是準備送朋友的，他用一個塑料袋裝好遞給我，同時叫我稍待。我一等竟等了廿多分鐘，終於老劉帶來一小包豆餅，很快裝入放香菸的袋裡。

「謝謝你了！老劉。」說著，我把豆餅取出裝入我的旅行包，然後把香菸再遞給老劉。同時說：「還是送給你罷。」他怎麼也不要，我放在他腳前，回頭便走，他撿起提著追來，一把將我手臂捉住，說：「你怎麼搞的？」

「老劉你知道我是不抽菸的。」

「我也不吸呀！」

「那就隨便送給誰罷。」說後我便快步走開和他揮手告別。

彼此都掛著淚珠，都想何年何日才再相聚橋頭？這祖國之邊緣，異國之邊緣，老人就這麼隨心所欲，會偶然間捕捉機緣，感受異地同鄉人的一點關切，領略一些漂泊生活中的瀟灑、豐采與純樸。漸行漸遠，我心卻依然徘徊在那橋頭，那大其力山間荒野，還埋葬著無數的同鄉人；我一路想……

（一九八九年二月十三日）

# 長頸美人村

猶記得，偶遊動物園，每當細心體察某種動物之動態與智慧表現時，總連帶想起叔本華說的：「我們喜歡觀察動物的最大原因，乃是因為從那裡可以見到我們的個性。」

前兩個星期，與三倆知己往泰國北部媺豐頌遊覽。媺豐頌有朦朧之城的稱謂；大致不是指煙雨朦朧或灰塵籠罩之朦朧，而是指那府治的極大情況未為眾人所知的朦朧。太富詩意與刺激性了，我寧可它是最後這個意思。

媺豐頌之所以成為旅遊點，最吸引人的固然是寧靜的綠，是帶有原始味之自然景色，但最具特色的卻是人——甲良族的長頸美人。甲良族中有很多支派至今仍保留著一些在當今看來頗古怪的風俗習慣，這個古老的種族極大部份生活在緬泰邊區自北而南的夾長地帶。中國語言稱這個民族為央子，在滇緬邊區，不少雲南鄉親娶了央子婆。央子中除了以長頸為美的支派外，居住在帕府的卻以耳環洞大為美，那兒的甲良婦女，有的耳環洞中鑲著直徑達兩吋許的雪花膏瓶蓋。

到了媺豐頌，就沒有不一遊「長頸甲良村」的，許多歐美遊客大致從《世界地理雜誌》上獲悉，在泰國靠近緬甸的遙遠邊區可以看到地球上稀有的長頸人，而絕非在許多國家的動物園中輕易可見到的長頸鹿，因此遠渡重洋，結伴來到嫩豐頌，體味和享受幾天《朦朧之城》的朦朧刺激，特別是慎重其事的乘泰國標準的長尾船飛渡濱河，訪問長頸甲良，然後懷著不虛此行，甚至不負此生的豐滿閱人經歷歸去。當然，也都為泰國北部的這個展覽人的旅遊點作些義務宣傳。別小看泰國的旅遊事業，在許多以謀利為目的之棋子上，他們深知長線放遠鷂的策略。

僱一艘前往長頸甲良村的船，來回四百銖，需時三句鐘。這是對泰國人的價格，外來遊客大致須多消費幾文。靠一個小馬達發電的長木船，可乘六至八人，船中有一片草蓆，船首船尾有人撐竿及掌舵，因水淺多石之故，船首撐竿者實際是指揮方向的掌船人，他必須與船尾掌舵者首尾相應，使飛駛在清水亂石中的木船乘風破浪前進。夾河兩岸盡是綠蔭，偶然可見茅屋三兩間，或是背上揹著一把長刀的甲良壯漢，雖是炎日之下，水上之清風迎來，耳聞蟲聲唧唧，眼見蝴蝶翩翩，真是樂在其中；身在濱河飛渡時，大致方知大自然野趣之征服力量，你不忘憂，憂卻把你忘了……。

到了長頸甲良村，船便慢慢駛近一個小山坡，河邊有個小站，一間草屋。據掌船者說，不僅是高鼻子綠眼睛的歐美遊客，台灣、日本、朝鮮、馬來諸種外人，都須每位付二百銖始得入村；在村子照像也有一定價格云云。筆者既是泰籍華人，乘船抵達之後，便不必再解囊了。話雖如此說，與我一起的老闆朋友卻一直在派廿銖小鈔，那些長頸人個個合十淺笑，她們類乎頭都不敢動，而連聲「沙越迪」。我以為，畢竟她們的長頸系來自人為，自小就從事拉長脖子的訓練，不知要受多少痛苦；以至使見者油然而生同情憐恤之心，在他們族中卻是愈長愈美。

當筆者生平第一次見到了長頸人時，腦海中霎時閃入的竟是長頸鹿，再怎樣排除也排除不去。於是心中在想，這兒如果走來三幾隻長頸鹿該會出現什麼情形？人要抗議呢，抑是鹿要高歌？叔本華那句話又襲來，且已變成一種抗議，人是不是把人當其它動物來供同類欣賞了呢？又或是我自己的腦筋有了問題。當我把心中的感慨告訴友人時，答話卻出乎我意外之達觀；就算是人展覽人，彼此有利，有什麼不好呢？文明社會的賽美不也就這麼回事。

在那長頸甲良村中，老、中、少長頸婦女至少總有二幾十名，甚多的甲良女人大致是不能深造，成為平庸之輩，躲在屋後編織一些簡單花布，屋前掛著些手工藝品，供遊客當紀念品買去贈送親友。所有已經算得是長頸的美人，都已經過訓練似的，祇要照相機對著她，就都微笑作狀，遊客有意合影，她們百依百順，大致經驗告訴她們，多半的遊客都不吝施捨，合得遊客意，鈔票便滾滾而來。但我最欣賞的，乃是她們並不開口或伸手要錢，而且彷彿顯示著自力更生的尊嚴以她們恍如明星，四面八方各形各色的人都來欣賞朝拜，且都投以驚奇的眼光。

無論怎樣，我心中總有幾分不好過。顯然，才一抵達我便已覺察出，這個小村乃是一個經過用心的展示陳列村，那些長頸美人就祇是旅遊點的陳設品。除了應有的待遇，也有額外的小費，視之為一種職業，也倒是合情合理。但是，我依然對自然的經過另外安排而對文明人類社會感到說不出的悲哀；要想逃出商業關係回到自然已屬幻想，相反的那些付出痛苦代價把脖子拉長的人以及她們的族類，卻因接觸到文明的邊緣而因之生活獲得改善是何等的榮幸。我想，就算我會再到婡豐頌，再到濱河享受水上清風，也將不會再登上長頸甲良村。因為我對這種美的培養過程心裡很過不去，就像中國舊時婦女纏足一般，須經長期痛苦。

（一九九九年十月十七日）

# 花想容

看了摩南筆下〈她像一朵盛開的花〉後，意識中一直就有一朵盛開的花。也因此想寫一篇關於花的文章。

把笑臉比為花，就像詩一樣的靈動和美麗。花，就是美笑容。昆明曇華寺中有一聯是：「聽鳥說甚；看花笑誰？」八個字把那片優靜的天地提升到詩情畫意、靈的意境。

我有位老朋友姓名叫花良，字小菲。這樣精靈的名字令人覺得非常可愛。年輕時他還說，一朝無論有男孩或女兒，當取名花想容。後來他有三個兒子，我不知道其中有無「花想容」；說不定是取了向榮、向華什麼的。無論如何，花良兄如今是享福了。

已是三十多年前的事，我在住屋前放置了許多盆景，花良兄多次來訪都見不到花，高聲問：「你種的花怎麼不見開花？」偶然間我把這話傳給也是喜愛玩盆景的陳達瑜兄時，他笑說：「你就答他『就是不開花』可有意思了！」

一九七九年十月間，我從北京帶了兩塊都高二尺許的承德「上水石」到泰國來，兩塊上水石的頂邊一種絨松，一種羅漢柏，十分珍貴。但不到三個月都枯了。於是我另種幾株福建茶，到現在已二十多年。上水石山擺佈著幾株福建茶，且都已顯出老樹蒼枝的形狀，自然非常惹眼，人見人愛，可惜我擺在蝸居的天台上，就只我一個人觀賞。

福建茶的葉子比黃豆還小，開白花，花只綠豆般大，之後結果，由綠而紅而紫而黑。仔可種出小樹。花既小而又稀少，故不惹眼；惟其不惹眼，也就另有諸之高山之美，配在會開花的上水石上，諧調對稱，相得益彰。

我說石頭開花，並非危言聳聽，大致家中有承德上水石的，一定也已發現。石花有點像一粒芝麻分為四、五瓣，多生在隱蔽之處，不細心尋找也就見不到，用放大鏡欣賞可是奇景了。就因只見葉而不見花，家裡女人家在牆角上添置了一盆又紅又火的「八仙」（想必另有學名），愈經太陽曬，愈是無止無休的開花。花是開得盛了，但並不配合那個小小的山石盆景世界。

誰知這盆常開的花雖不怎樣配合我的盆景世界，卻無形中引起鄰居種花的興趣。也許是「八仙」的花名讓人喜愛，左右兩鄰天台上竟各擺上五、七盆，也開得紅紅火火。相比之下，我這邊依然是一幅樸素。

鄰居天台出現花之後，一時間成了小巷中的新風氣，無形之中好像準備要比賽般，家家都在樓下窗外擺起花盆來了。最大盆的是「富貴花」；富貴花名副其實，似有那麼點富貴氣。大致因了巷中有「八仙」，「觀音竹」也被搬來好幾盆；觀音竹不會開花，隨便折一枝插在水中也會增葉添枝。巷中原有三幾株「鐵樹」，去年鐵樹一度開花，栽鐵樹那家人認系好兆，特別用紅綢綁在枝幹中間，還燒了香。「敬神如神在」，於是乎種八仙和觀音竹的人家，也都覺得心中好過起來。

小巷中樓上樓下的窗外，花是熱鬧起來了，但要從花以外找一朵像盛開的花，不容易，很不容易……

（二〇〇四年三月二十日）

# 高山流水五糧液

去年八月間，我寫過一篇題為《醉翁之意》散文（載同年九月廿六日湄南河版）。醉翁之意不在酒，全篇文章談的都是酒事，收尾甚至扯到「釀五糧液」；「五糧液」是四川宜賓出產的名酒之魁，在樓下開酒瓶，三樓可聞到酒香。

筆者寫那篇東西的靈感，是偶然從剪報卷中，看到詩人向明的〈烈酒和白水〉，附題是「小談詩的語言」（載二〇〇一年十二月十六日湄南河版）。該文第三段中寫道：「今天詩的濃度過高或一清如水都是因為這兩種語言使用偏廢的結果。一清如水的詩就是由於散文性語言太多，詩的語言太少的原故，以致詩變成散文的敘述，仍在起承轉合上找邏輯關鍵。」

就「談詩的語言」而言，詩人之談或可稱之為經典之作，而在下寫〈醉翁之意〉，正是得自「一清如水」四個字，不由人心曠神怡。自己除了登時就想起「高山流水」、「清泉石上流」的水，以及很多很多詩中的浪花來，也連想到酒也是水，水也是酒，茶可當酒，許許多多酒與水相關的有趣話題。

清麗敦厚而帶幽默的散文，飽蘸真情懷述人生坎坷的佳章，均教人如坐春風，如觀清泉石上流，也似墜入一股醇醇的酒香中，飄飄然，醺醺然。因此，我總以為要寫好一篇散文，並不是容易的事，也許我這一輩子也寫不出一篇好的散文來。所以在〈醉翁之意〉拙作中，透露了自己的本意而寫道：「前此余曾構想過以『釀一罐五糧液』為題寫篇散文，但自己根本不懂釀酒之方，絕對釀不出酒，故不敢貿然動筆。然而自己雖不會釀，釀不出來，卻仍想有朝一日學會釀酒之方，釀出酒來，釀出『五糧液』來。」

散文能有「五糧液」醇香，並不就是用詩的語言寫成，也可能用的「散文語言」與「詩的語言」一般。當然，無論如何散文並不就是詩。祇不過「五糧液」看起來「一清如水」，只味兒香醇撲鼻。這是筆者因讀了〈烈酒和白水〉後出現在腦海中有趣文思。

釀一罐五糧液的心靈幻想曲，是筆者串〈醉翁之意〉時，其中的一顆珠子，不一定會受到注意，自己也料想不到會被眼光銳敏的詩人發現其意念後面可供咀嚼的東西——從詩人文章裡拾來的意念，沒有標上標籤，卻被另一位詩人在匆促間嗅到那句話的「言外之意」。在去年九月廿八日的文藝座談會中，主講人之一——詩人林煥彰，悠然在有意無意間，輕描淡寫，從他臨時捕捉的記憶中，從一篇縱橫談酒事的散文中，把足以與酒（詩）混淆的水（散文）中之意念挖了出來，當作話題。在座的人群中，為之驚歎的當然是我；我發現他的聰明和才華及對文學的敏感。

筆者以為，詩人大多都能寫出好散文來，但慣於寫散文者或許就不一定能寫得出好詩，當然都有例外。一般而論，好的散文，讀者不嫌其長，只覺其短（梁實秋的話是「短文未必好，長文一定壞」）；讀起來令人覺得吃力的文章，多半不受歡迎，甚至會被視之為「婆婆媽媽」。至於「詩」，除了一些有名的「史詩」（如古希臘荷馬寫的《伊利亞特》Iliad、《奧特賽》Odyssey）或「詩劇」（如歌德的《浮士德》Faust）及一般敘事長詩外，通常受歡迎的詩，大多不超過三十行。其實，十多行就已有相當份量了。歐洲文藝復興時期的「十四行詩」，曾在相當時期成為「時尚」。

十四行的規律在相當時期後逐漸被冷淡，十一、二行或十二、三行不等任由發揮，相當自由。

近些年來，詩的形式變化更加無拘無束，但從許多變化中，在詩的自由流淌中，依然又見到不是規律的規律。此即長不超過三十行，短可三兩行。詩人林煥彰的作品就以行數少而提神醒腦，類乎「心靈小品」，會使人們心靈的眼睛一亮，很引誘人，頗受歡迎。

最近本刊園地中，常見六行短詩，幾乎與日式俳句的兩組三行一樣，既輕鬆活潑，也能表達心境意向。當然俳句和中國新詩的語言及表達方式並不相同。大致凡是詩，總有之所以是詩的味道，也許即詩人向明在「詩的語言」中說的「語言的濃度」。則詩與散文間的味道是個什麼深淺，總可以想像了；似乎詩不一定就是酒，也不能一清如水，而一清如水的散文也帶有能醉人的味道，說它是酒也未嘗不可？而高山流水必然養眼……

詩與散文常被連在一起講，甚至早有了「散文詩」的出現。則「散文詩」當然有了酒水同杯、水酒混合的意味。這是很有意思、十分有趣和有廣闊討論空間的問題。不過，長時間來，我們所見的散文詩，多是散文中夾著詩，而兩者間精神一致，卻能表現突出，相依為命也相得益彰，還大有發揮的餘地，而無論是詩的廣闊空間，或散文的無邊領域，不但都各有景色，也有相同和能夠混為一體的韻味。這不由得教人聯想到「高山流水」與「五糧液」看起來都非常的清，卻能一樣的令人醉……

（二〇〇三年八月廿一日）

# 夜半無人私語時

並不僅僅是為了「鄉愁」，該說是作為一個中國人而遭逢到連自己都解不開的、對自己的國家民族的愛與關切的情結，終於踏上返鄉之途。所謂「出門靠朋友」，自己「出門」已四十多年，這次該是回家；實際卻是出門，因為家鄉對我那麼陌生，而且據所知，如果沒有人招呼，寸步難行。

也該算有福之人，走之前就靠了朋友，到了古時的幽州，也靠了朋友。從曼谷直飛北京，足足五個小時，七三七的位子非常不舒服，弄得腰痠腿痛。前幾年，有人說中國航機上的服務員像「出土文物」，這朝我注意欣賞，卻都笑臉迎人，祇不過對白種人和日本人似乎更來得客氣些。到了中國，許多人告訴我，媚外的情形令人難受。說到台灣來的，故事就更多了，而最令人注意的，顯然集中在囂張，甚或不誠實一方面。有一個故事說，警察見一位台灣客當街吐痰，抓住了說，罰十元；台灣客馬上亮出一百元，宣稱不必找了，登時「呸！呸！呸！」連續吐了九下，把警察都嚇呆了。

此故事無論真假，形容一副暴發戶的囂張幼稚嘴臉可相當「精彩」。但中國人就喜歡這種故事，等於喜歡自己說「醜陋的中國人」一樣的毫不在乎……

大致自己該算是華僑的關係吧，被介紹到「北京華僑飯店」住下，出進的路非常窄小，但設備及服務都很不錯，每天二百人民幣打八折，飯店中有中西餐、郵電及兌換服務。登記後，還有一張出入卡；憑卡方能出入，可見管理嚴格認真。我住進那天，一百美元兌五百三十元外匯券，在飯店中，並不限定非用外匯券不可，祇是外國香煙必須付外匯券。不過，就一般初到的旅客講，用外幣換的是外匯券，如果飯店祇要人民幣，反而發生問題。

出出進進，吃飯乘車，對我來說都很感興趣，同樣是中國人，國內與海外，台灣、香港與大陸言語舉動，竟都一眼可以看出，大不相同。禮讓這回事，大陸與台灣一樣幾乎很難見到，華僑反而很虛心，類乎以到了「禮義之邦」的心情體認祖國風情，不合心時則大搖其頭。

我住的是雙人房，如果沒有應酬，晚上我都待在飯店中。床房的電話聲很好聽，像蟋蟀振翼般，所以我總等著接電話，然而夜裡九點以後，親戚也好，朋友也好，都不肯打擾，無機會聽到蟋蟀振翼之音。我曾躺著靜靜的想，旅行真是一種享受。

就在我想著旅行是享受時，蟋蟀振翼了，我從容舉起電話：「哈囉！」了一聲。沒料到是「找錯了」人，對方是非常清脆的京片子，問：「林先生在嗎？」

對話開始：

「沒有林先生，你找錯房間了。」

「沒有錯，前天來的，走了嗎？」

「沒有林先生，前天起就我一個人住。」

「你先生貴姓？」

「我姓丘，對不起！」放了電話。

電話放下，蟋蟀振翼之聲，以及那麼嬌軟的京片子小姐腔還在耳邊縈繞。心想，是多麼胡塗的林先生，把女朋友拋下，又或是電話接錯了，說實話，那女人的聲音是非常好聽的，從聲音推斷，人大致長的也會好看。

蟋蟀又振翼了。

「丘先生您好？」

「妳是誰？」

「甭管我是誰，林先生在嗎？」

「就祇我一個人啊！」

「那麼，那麼，就和您談談好嗎？丘先生，您是台灣來的嗎？」

「不是！我是從東南亞來的。」

「東南亞，新加坡還是泰國，為什麼中國話講的那麼好？」

「外國人會講中國話的有的是，我是中國人，當然會講中國話。」

「您寂寞嗎？」

「我，不寂寞。如果你沒有什麼事，我要掛電話了。」自己心裡突然有點緊張，也不知道恐懼什麼，但不出聲也不放電話。

「嘿！丘先生，我來找您聊聊好嗎？我是一個很甜的女孩子，祇想知道點外國的知識；讓我來和您聊聊好不好？」

「不好！不好！我並不認識你。」

「不認識有什麼關係，一見不就認識了。我並不可怕；您見到我定很喜歡。哼！好嗎？我聽您講話，就知道您心地很好，會體貼女孩子；我是女學生啊！哼！先生？」

「我想，不好！我不能接受你的建議。」嘴是這麼說，心中卻有些害怕，也有幾分同情，一定是妓女，心想，但也覺得這結論也太殘酷，因而依然未放下電話。

「丘先生，您別怕；我祇想來和您聊聊，見了面，您如果不喜歡，我就告辭，我也是有自尊心的。何況，您何苦來要忍受寂寞，到了中國，和一個純潔可愛的女學生談談笑笑，人不知鬼不覺，您怕什麼？好嗎？我來和您談談心。……」

對方在等，聲音甚至有些磁性。

我想，這是該下決心的時候了，我鼓起勇氣說道：「小姐，非常抱歉！你知道嗎？我已是一個白髮蒼蒼的老頭子。」話說出口，總覺得自己殘忍，仍無勇氣放下電話。

「白髮蒼蒼，您就做我父親。丘老伯，您別放電話，讓我告訴您一些有意思的事情。」

我不出聲，就是不出聲。

電話裡的聲音，「好吧！明天我會再打電話給您，祝您今夜做個好夢……」在等。

我終於輕輕的放下話筒，一夜不能成眠。第二天，我一早就束裝往承德去了。途間，我一直想，此番回國，不但什麼情結都解不開，反而是「心有千千結」……

（一九九八年二月廿二日）

# 臉紅因由——遠方來的「榮譽」

每月最後一周末的中午聚會，歷來有充分的自由，到也好，不到也行。許多日子以來，常到的總是常到，不來的總都不來；我是常到者之一，每次與那十幾廿位熟朋友談談講講，似乎都樂趣無窮，甚至在偶然之間會從無邊無際的龍門陣中發現新大陸，得到意外之驚喜。

前個月的聚會上，我的老臉曾驟然的紅了，那意外真意外，也還怪有意思。我方坐下，正一一與已經在座的打招呼，吳佟也跟著進來了。他舉著一個黃紙袋對我說道：「老金，這是夢莉為你從北京帶來的榮譽，你應該請客。」我確定那是我的，但實在不知是什麼，可能是一本書。不過，什麼榮譽呢？吳佟是絕不會開無中生有的玩笑的。我祇好答：「謝謝！謝謝！當然！當然！」意思是當然請客的意思。誰也都知道，一般情形下也都祇是說說。

接了個紙袋，事情一會兒就過去，沒有人注意了。稍後我撕開紙袋想看看究竟是什麼？竟是一個獎狀證明。才一看，就知道是什麼回事，剎時老臉一熱，通紅！我趁熱把臉朝向吳佟開口道：「你方才交給我的榮譽，一看之下臉都紅了；獲獎的文章並不是我寫的，我祇是出了個題。文章也曾在曼谷發表過，作者是張敏。」吳佟先生似乎還沒清楚是怎麼回事，說反正榮譽已經在你手中了。我再細述根由，但似乎也沒有什麼大意思了，就乾脆自我輕鬆，說真有意思，真有意思……

話得扯到去年十月間參加昆明首次鄭和研究國際會議。在那次會議中，料想不到由各方到來的代表中，有很多位是四十多年前南京國立東方語文專科學校校友，包括泰國、新加坡、馬來西亞、台灣、印尼、美國及中國的好幾位教授。以東方語專成立於昆明附近呈貢縣斗南村，一群白髮蒼蒼的校友老興不減當年，決定赴斗南村憑弔母校原址。老了，大家都老了！此番不憑吊，尚待何時？

十月十九日大清早，在冷風刺骨中，在細雨濛濛中，廿多位老頭，有的由夫人陪伴，有的由兒子招呼，帶著興奮的心情，乘著已坐無虛位的老旅遊車，一路嘻嘻哈哈話當年。車中有個風度翩翩的青年叫張敏，他是張勁草的公子。勁草學長當年是翻譯官，現在是華東政法學院教授；張敏是《台聲》雜誌的編輯，身兼中國太平洋學會副秘書長職，勤於寫作，年輕輕就已頗有聲譽，此次也到昆明採訪鄭和研究國際會議的新聞，活躍極了，但也老誠持重。

一群外來客到了泥濘路滑的小小斗南村，尋找快將半個世紀前的水月庵——東方語專草創時的校址。問了許多人都稱認不得，幸好走來幾位年紀大的，他們才從記憶中尋找出當時一度是一所學校的格局所在。就憑弔吧！大家感慨得飽含淚水說不出話。

事情並不這麼簡單，一群老人曾分散各找一頭，找到了又得召集走遠了的歸來，之後又是見不到車子停到那兒去了。天公有意加深這群人的老懷感慨，俾此後畢生難忘，所以細雨紛紛，或者可以說天將降大任於斯人了！張敏要招呼那麼多伯伯，忙得滿頭濕淋淋的，是雨水還是汗水他自己也分不清楚了。及至大家憑吊夠了，把相機折騰夠了，才又冒雨踏上歸途。張敏還得向方才帶路的老大娘握手致謝，這瞬間，車中又有伯伯把他喚回。遞三十元人民幣叫張敏去送給老大娘。張敏，年輕的張敏，始終帶著感激之情張敏，他回來又跑過去，與那兒站著的老老少少告別，把卅元交給老大娘，然後揮手又再告別，跑回車子停息處。

一滿車的銀髮族都已則望著能休息片刻，有人對張敏說，你好好把今天的情形寫下來，發表出來。張勁草看出來，所有同學都非常讚賞他的兒子，笑迷迷的說，伯伯們就出個題吧；又對張敏說，你就請教金伯伯該怎麼寫吧，於是，我不加思索就說〈情繫斗南〉。好！〈情繫斗南〉，張敏迅速寫在他的小簿子上。

前面說張敏帶著感激之情，是筆者克意選的句子。從一見他起，我就看出他非常敬仰他的父親；勁草先生也非常愛他甚至以有這樣一個兒子而覺得愉快滿足。所謂像由心生，張敏的任勞任怨愉快之色，固是出之於氣質，但他知道自己如此的奔波勞碌正是使乃父老懷堪慰的感恩行動。他看得出，老人臉上的喜色；我也在欣賞著勁草學長的歡喜。寫到此我依然禁不住流下人生滿足與感激，短暫與蒼茫莫名之淚。

回到曼谷，大致今年一月底，張敏寄來〈情繫斗南〉一文，用的是金沙的名字。筆者看後非常歡喜，當然提筆換了張敏，加了按語發表於《黃金地》。大致也就是同一個時候，張敏把文章送出參加了中央人民廣播電台「海峽情」徵文，得了優秀獎。這，當然事前我一點也不知道。

也許就在「海峽情」徵文頒獎時，我曾將張敏的文章剪報寄給他，而在吳佟先生把獎狀交給我之後一個禮拜，我也就接到張敏的信，說：「蒙您指點，作文記盛，幸而不辱使命……。」信末有夢莉女士的電話。

就這麼一回有意思的事，使我對許多可貴的情感深深的感激，覺得人間世的可愛，包括自己老臉通紅也非常的可愛。因此，我必須把事情的來龍去脈寫出來，作一個必要的交代。祇有一點我還沒有做，就是還沒有向夢莉女士致謝；我一心要留著等見面時才謝，方夠慎重。

（一九九四年四月廿五日）

# 悽惘話棠花——他一生串演泰華文化人的坎坷悲劇！

從上世紀四十年代我進中原報工作起，便已對謝猶榮、陳棠花等君之大名很熟習，不久也就認識了他們。此時談泰國研究的人士，在中原報中已有陳毓泰、紀宏良及蕭漢昌等。又在《中原月刊》中見到湯伯器、許雲樵、陳禮頌及何友民等等響亮的名字。

一九七四年，棠花與我在星暹日報同事，我編晚報國際新聞。印象中，棠花嗜杯中物，常常有錢緊的時候。一天，他和我說準備出一本書，請我為他寫寫書名，我怎樣也推不掉，結果照他的需要寫了給他（見《鄭和「三保公」通使暹羅》）。這以後雖偶有接觸，但無深交。

一九八五年三月間，棠花逝世。據所知其境況相當淒涼，老、病、窮，而串演命運注定的悲劇——泰華文化界通常所見的戲碼。借用周業的話是：「……幾乎同一命運，文化人的路程是坎坷的。」

棠花走了之後不久，我在周鎮榮兄處看到棠花編著的《泰國古今史》，而且知道，棠花當時尚須付印務局兩萬銖，始能取出其著作。他陷入苦惱中，幸由蕭漢昌先生帶往向周君求救。

鎮榮兄慨然如數襄助，書得問世。然為時不久，棠花即魂歸離恨天，靈堂淒切。除其子女外，幾無人送葬。周鎮榮是見證人。我，作為一個在報界服務一生的「有福之人」，從知道《泰國古今史》一書付梓之痛苦與艱辛時起，就有個想法，要研究一下棠花的遭遇，而惟其後期之潦倒，最終連藏書也都當舊紙賣了；徹底的串演了傷心淚盡的悲劇，真令人感慨萬千，何況棠花畢竟在泰華文化界鞠躬盡瘁，在泰國研究領域有一定的功績。半個世紀前——三十至五十年代，棠花這個名字曾經十分響亮，因此之故，他窮其一生從著作中追求出路，但沒有人告訴他，此路難於上青天。終於他疲於奔命，不斷籌款出書，其守本份之苦況，甚受尊重和同情。

當然，老、病、窮以致連最後送行的人都沒有的棠花，並沒有白活；他的名字將在泰華文史中永垂不朽！至於其成就有多大，那是另外的問題。

我對棠花雖認識不多，但已盡力收集有關資料。掌握的資料雖已不少，可我不是寫他的傳記，而只照我的方法，感性的將其輪廓稍加描繪。讓我們先看看《泰國古今史》一書的編著者序，我以為就會對這位老實的讀書人稍有認識了。他寫道：

> 我由佛曆二四七四年，弱冠時開始進入泰華報界服務，垂今恰滿五十年，在這五十年頭，我追憶起來，這五十年歲月，煞有意義，在這悠長歲月中，我不斷研究泰國歷史，以所獲成果，編著此部泰國古今史，留作掛淪陰的亮痕。

在我服務泰華報界五十年當中，出版了中泰文著作共約三十部，由暹羅國誌開端而至泰華大辭典，就中仍以這一部泰國古今史為最滿意，因泰國古今史的連貫性與系統性，尚無泰文或任何文字創作過，我還希望若能力尚許可的話，還要以泰文寫這同樣的著作。

我半生服務泰華文化界，還是一貧如洗，所以每次出版著作，都蒙僑社愛好文化人士的愛護賚以資助，這次也無例外，茲謹向各讚助人竭誠致其謝忱。

恕我直言，棠花先生的文墨略欠華彩與風騷，而正因為如此，又充分的顯露了他忠厚老實的一面。寫《泰國古今史》這本書時，他已是日薄西山之年，從其序文中可以窺見到，他似乎從來就沒有什麼傲氣，表示已約有三十本著作之際也心平氣和一派老實。我以為，他因有自知之明，處處盡量謙虛客氣，也許「一貧如洗」的現實經驗已相當的挫了他的銳氣。

中國有句「求人如吞三尺劍」，形容求人之難入木三分。則棠花每出書便得求人，縱然生來有些驕氣與傲骨，都已收斂而束之高閣了。我沒有對棠花先生不尊重的意思，而是我所知長期賴以生存的泰華文化界的類似悲哀之連篇累牘。從這個角度看，我十分欽佩好幾位寫了不少有用的文章，默默以終的人士；這些人應該有個比較公平的評價。當然！無論如何，這些人的著作不會片羽不存，這也許就是古往今來知識分子賴以支撐的「興趣」而其中含著「容忍」的美，那就是無怨無悔……

再是從棠花不斷的奮勉創作歷程中，我們也還隱然見到這個社會中有志於弘揚中華文化的仁人君子，甚至也有不聲不響慨然襄助的「及時雨」……

近十多年來，表面上看，棠花先生好像被遺忘了似的。其實不然，與華文教育的滄海桑田變遷一樣，文史也漸漸的受到關注。因而，棠花「活」起來了，至少我與我的幾位朋友們有如是觀，我們就從來不曾忘記他……

就從華校開頭吧！進德學校的第一屆總理（發起人之一）陳緝堂（當時與伍佐南等同時是客屬僑領），即是棠花的父親：棠花於一九〇九年出生於三聘接近觀音巷的廣豐行，排行第三，名棣萼；他的長兄叫啟萼，開設金陵客棧；次兄吉萼，經營永源春酒行。棣萼小時就在客棧和酒行中打雜，人人叫他阿棣。也就等於阿弟。後來，他被送回唐山讀書去了，讀的不外《三字經》、《百家姓》以迄《幼學瓊林》，奠定了他的舊文學基礎，大致再看看《三國》、《水滸》，這就成了他回到泰國來而走新聞界的本錢。他待過華僑日報、正言報、中原報、光華報、星暹日報及中華日報。一九三二年在華僑日報期間，他主編《暹羅研究周刊》，寫了《暹羅國誌》；一九三九年華僑日報被封，他進中原報。中原報在日軍控制時期，他照樣工作一九四五年李其雄主持中原報，棠花轉入光華報，此時他用「亞當」筆名寫了不少東西。一九五四年光華、中原報封，棠花進星暹日報編《國風吟苑》，一九七四年中原復刊，棠花再又回到中原報，之後加入中華日報主編《泰國研究》及詩欄，後期致力編

《昭披耶》副刊。五十年的光陰，就在這幾家華文報走馬燈式的度過。如果他不是從事一些研究工作，不勉力於有關於泰國歷史的著作，棠花與許許多多在華文報界付出了一生精力而終於與草木同朽的知識分子一樣，在這個純然的功利社會，沒有雪泥鴻爪，被忘得一乾二淨。而其名聲一度在華文報界非常亮麗的棠花，總歸會有人懷念。有人談到，有文章要提到他。僅只這麼一點，棠花就算生時「一貧如洗」，也算有代價了。

棠花一生有三兩件事頗值一敘，渠服務於正言報期間，曾經花整天時間在民會抄會議紀錄，一連三日，終於病倒。又在乃寬第三次任院長時，他直闖國防部去採訪消息，大致他有點像軍人，得以順利深入。在他自己寫的文章中，說還有兵士向他敬禮。棠花把當時乃屏一面揮淚一面對大群泰文報記者談話的情形，回到光華報詳細的寫下來，附錄了當時的政變宣言。光華報得以獨家出了「號外」；「亞當」因此名聲更響亮。此時間，他還成了被訪問的對象。提到他寫《暹羅國誌》的動機，當時的名記者亞當說：「遠在他參加教育部與陳暑木辦的師資訓練班時，偶然在圖書室見到一本由黃公度寫的《日本國誌》，觸發了他立志要寫《暹羅國誌》的雄心，也就是引發他從事泰國研究的火花，他因此縱覽群書和收集資料，而「棠花」一名即是來自郭沫若的劇本《棠棣之花》，這筆名與其「棣蕚」很近。因此，棠花由開始寫《暹羅國誌》起直到《泰國古今史》收場；其開始似乎還說得上一帆風順，其收場則相當辛苦淒涼。

苦了一生，古稀時自嘆「一貧如洗」的棠花先生，在我看來，他在終結之前，有過非常有意思的「迴光反照」，那就是他積極鼓吹成立「泰國研究學會」的激情，而他的激情曾掀起二十多年來非常亮麗的浪花！

泰華社會如果有個文史館，棠花一生的心血是應該得到關愛的……

（二〇〇三年十二月十三日）

附註：本文資料由《泰國研究學會》提供。

# 文章何價

這是很久很久以前的事情了，我想還是不必敘述得太清楚，包括必須提及的人物姓名，也最好稍加隱諱，因為即使如此，大家依然明白究竟是甚麼一回事。至於是否因此有所感觸，那就得看讀者與此間文化界關係的深淺而定了。但無論如何，就人性和人情來講，對於一位搖筆桿和曾經受到些許尊重的總編輯來說，應該是件足以令人感到悲哀的事，至少我一直耿耿於懷，何況與此大同小異，其結局非常令人傷感的人或事，還很多很多。

我很抱歉要婉轉寫這篇東西，但應該說這是一種責任，泰華文化界歷來存在著許多善良者的隱忍以及時運不濟者的憂憤，許多在默默中倒下的文人雅士，很快就被他們的同類遺忘；人相忘於道旁，這本不足為怪。

曹總編輯時來運轉偶然被提升為總編輯之前，是日報國際新聞版的編輯，同時也很勤勞的每天要寫一篇「社論」；寫社論是為了增加一點收入，而社論之好與壞，報社老闆根本不關心，至於報紙的讀者，絕少有人看什麼論不論的，而能看社論的讀者，又多半對曹總編輯的社論吝於讚揚。曹總編輯小心翼翼、謹而慎之、嘔心瀝血之作，除了稿酬，除了曾得台灣僑聯的獎金獎狀外，就那麼的毫無意義。當然他自己對外間反應一無所知，一心以為自己對中華文化肩負著何等重要的擔子，所謂「立言」，這不就是了。

他那麼夜以繼日煞費苦心，自然有病倒的時候，他一病倒，我便被徵用。許多次，他身體還沒復元，便回到崗位，對我一再致謝。我們彼此間私人關係不壞，最主要的原因是他明白我的為人，絕不會搶他的飯碗。因此之故，他有什麼苦衷時，也向我傾訴一番，我安慰他和鼓勵他，開導他也刺激他；我自問自己坦率和敢言。

升任總編輯，實際祇等於多了個頭銜，他的工作照做，增加了幾千銖薪金。曹總編輯非常失望，而失望之情迅速得到資方反應，老闆傳出的訊息是：「一個英文字都不懂，能拿一萬五千銖薪金已很幸運。」

「真是欺人太甚……」

當曹總編輯在他辦公室中和我訴苦時，我即刻燃起怒發沖冠之憤，說了上面的話。接著我問他，你怎麼這麼軟弱？你為什麼不據理力爭？為什麼不立刻辭職不幹？

曹總編輯好像被我從夢中喚醒來，自言自語道：「士可殺而不可辱，我為什麼這麼軟弱？」

「你為什麼這樣軟弱？」

老金啊，老金！他眼裡有淚光，和我訴苦；我欠報社錢，欠七萬多銖。

難怪他忍氣吞聲。後來我從旁知道，他有個賭私彩的怪習，每月辛辛苦苦所得薪金大半輸光，而且長年累月如此，故必須寅吃卯糧，必須向報社借錢，才還又借，七萬左右之數維持不變，難望有無債一身輕之日。這是他的私生活，是他的秘密，也是他的缺點。我為他難過，也不能救他，他當然也未向我求救。然而無論如何，他往往也向同事借錢，漸漸的拖欠到此路不通。我想，雇主就掌握著他在金錢上的弱點，毫不憐惜一個可用之才的油盡燈枯。我曾想，倘雇主眼光遠大，這個本身勤苦也稍有才華的十足文人，應是一顆好棋子，但他被糟蹋了。

後期，曹總編輯幾乎是抱病工作，他不敢請假，怕老闆趁機炒他魷魚。幸好他多年來都吃在報社，睡在報社。這時期，當他看了大版照例簽字後，報社裡已沒有什麼同事，曹總編輯慢慢的離開辦公桌，準備上三樓睡覺休息。

清潔女工透露了一個非常令人難過的訊息，曹總編輯是爬上三樓的，爬兩三級就得坐一會，然後再爬……

我的辦公桌距總編輯室不遠，有一天，我不斷聽到他咳嗽聲，心中很不好過，終於忍不住敲門而入。曹總編輯一時間現出一絲絲喜悅之色。他說：「咳一點嗽，大致不會怎樣。」接著他嘆了一口氣自言自語的說著：「我上下樓相當費力，氣都喘不過來，樓下卻不時要我下去。唉！這麼可憐，我真欲哭無淚。」

我不等他說完，問道：「你為什麼不說有事請到我辦公室來說？」

曹總編輯反問我：「我如果這樣會有什麼後果？現在是廣告掛帥啊！」

「你錯了！」我說：「你該告訴樓下，自己不很舒服，勞請上樓來好嗎？同樣，他們應該尊老敬賢，愛惜和尊重同事。你究竟怕什麼？大不了不幹；你敢說不幹了，報社就立刻有困難，你仔細想想。」

這之後，曹總編輯又進了醫院，一個星期之後，他回到辦公桌，見到我時，他非常小心的說：「老金，我太太說金先生講的對，她支持我隨時準備不幹。」

話雖如此說，曹總編輯仍忍氣吞聲度日。

這段期間，報社的「社論」無日或缺，祇是已經很不像話了，很可能也有人把實情告知僱主了。

終於，報社當局請他回家休息。

曹總編輯遭此打擊，再度進了醫院，而簽名退出總編輯職位也成了一宗小買賣，做老闆的為了報紙的明天，祇好付出點代價。其他沒有情義可講。

曹總編輯在這家報社大致服務了三十年，祇以社論來說，他一年至少也有兩百篇見報，則三十年應該是六千篇，若每篇以一千二百字計算，則六千篇社論至少該有七百廿萬字。

「春蠶到死絲方盡」，曹總編輯離開報社，也就是離開了新聞界，離開了一般稱之為文化工作的崗位。因而漸漸的被遺忘，至於他所寫的文章，自然早已消失……

至少已有十多年了，再沒有人提到曹總編輯，他是什麼時候，哪一年離開人寰的，也沒有誰知道或提起了，我彷彿還聽到，有人說曹某某哪兒去了？九十多歲了吧！

泰華文化界類似甚至比此更令人傷感的人和事還有的是；有三兩位略具專家資格的文化人或報界人士，其所藏書籍有者是在其尋求醫藥費時賤價賣了，有者是在其死後被不識一丁的妻兒當廢紙幾銖錢賣了；也有三兩位年登耄耋的編輯先生因患了病而未得好好醫治或調養，走了；忍氣吞聲的因中華文化而耗至油盡燈枯。

天可憐見，我是手摸著良心，感覺著心在泣血而寫成此文；我所感到、所想到、所懷疑的是在振興中華文化的呼喊聲此時此地如此的響亮之際，究竟文章何價！

（二〇〇二年七月六日）

# 悠悠鄉愁——手工藝竹片帶來的美麗

手掌般大的一塊竹片，上面有鋼筆畫的「朱家花園」大門，顯示著工藝之美，對我來說卻是天外飛來一片相思；我還依稀記得七十多年前的朱家大院及有點與大觀園相似的「曲徑通幽情境」。已記不得是什麼親戚，我母親帶著我到朱家去拜會一位「蘇州老表姐」；為什麼要叫蘇州老表姐？我想不出個道理，但由此可以想像朱家人多，有人還娶了蘇州媳婦。

朱家大致在清朝末年是有功名的，大門兩邊有刁斗，門裡寬極了，彷彿是好幾所四合院集合起來，均有路可通。如果不是朱家的人，走進去可能沒法出來。總之，我對後來被冠以「朱家花園」的朱家有點印象，也曾知道一些這家豪門家道中落的慘狀。朱家應該是某個時期建水縣的大戶。雖然建水有個說法，城內魏家城外曾家，但都好像微不足道。

這塊竹片是不久前在隆康彎一家法國餐室中，應嶺南人兄之邀，去享用洋蔥湯和「可松」時，劉助橋先生送給的。竹片後面貼著紙片，寫：「二〇〇一年，遊雲南建水朱家花園，見當地青年以鋼筆作此畫。金沙先生留念，晚劉助橋敬贈，二〇〇五年元月。」

我接過手一觀便道：「我很喜歡，我很喜歡，謝謝！謝謝！」

從這片手掌大的竹工藝品，我想到劉助橋兄的細膩思想，就與他筆下細膩深情的文章一樣。我拜讀過助橋兄很多篇大作，心池中都有漣漪漫悠悠的帶來喜悅。記得兩年前他就和我說過，他曾到過建水，知道建水是雲南的「文獻名邦」，一個邊遠縣份的孔廟居然是僅次於曲阜的孔廟。事實上，建水文廟比曲阜的小得多，但其他地方的文廟卻不如建水孔廟規模和範圍。我十二歲時曾參加祭孔儀式，祭孔儀式時唱的乃是洞經，我至今仍哼得出一些節拍。祭孔儀式是深夜舉行；凡參加祭孔的人員均獲半斤豬肉或牛肉的酬勞。

劉助橋兄真是細膩的有心人，終於把他老遠帶回的紀念品送給建水人，當然不能說「物歸原主」，而是近乎「寶劍贈名士」，把建水的手工藝品送給離鄉已久的建水人。睹物思鄉，這手掌般大的竹片，我每次把玩欣賞，都禁不住要流淚；每次因竹片而思鄉之念一起，我就趕快堵塞心中無數相思的小孔。也許我的感情太脆弱，經不起思鄉風浪；許多許多風浪曾在我幼小心靈中留下創傷，如今我連回憶的點點滴滴都已承受不了。只不過，點點滴滴的難受有時也竟是好受，就像曾經一再發生的情境，流了些眼淚，會舒服許多……

這片十分令人非思鄉不可的竹片，也帶給我很多消磨時間，想這想那；我又搬出準備製「竹琴」的竹筒，查看能否把離縫補起來。「竹琴」也稱「道琴」，也有人稱「月鼓」與「漁鼓」。它就是八仙中張果老揹著的那個竹筒，連帶還有兩條竹片。我小時學過這東西，前幾年忽的想起來，但去過中國多少次都買不到，也見不著，也許因見不著找不到，我就會愈是想它，以至從泰北買來四尺長口徑四吋的竹筒，可是竹子一乾便出現離縫，我只能望竹興嘆。對義兄多年前曾寫過一篇尋找「月鼓」的文章，他可能也是對「道琴」有興趣的我的同道。

細看助橋兄送的竹片工藝品，就只朱家花園大片景象，畫的擺飾勻稱，線條沒有刻的痕跡，但顯然的揩擦不掉，加上竹片可能經過烘乾手術，可以久不變形，是很雅致的工藝紀念品。

我帶回家後，又再用放大鏡欣賞一番。之後擺在書櫥玻璃內書的前面，一放就四平八穩。書櫥中添了一件家鄉工藝品，好像更有生氣似的。當天午後五點三刻，我的女兒飛飛一進家便發現了。我不出聲看她的反應，她既是學文學的又正勤於學國畫的人，自然翻來覆去的欣賞。待放回原處前才和我說：「很有意思。」之後又再看後面，念「劉助橋」，接著才問：「爸爸，這名字很熟。」前此不久《湄南河副刊》不是有他的文章，那篇提到妳們住北大勺園兩人一間房還嫌小的文章，妳不是看過了。我提醒女兒。她立刻說：「想起來了！他的文章多好！」

竹片放好，她又端詳了一下。

這以後來我家談天的朋友，因為檢閱陳立著的書，不免會看到這塊竹片；不免要問來自何處？於是我又侃侃而談其來龍去脈。往往又因竹片扯到「寧可食無肉，不可居無竹」的蘇東坡人生哲學。那有什麼稀奇！我窗外的不是就有一盆很瘦的竹子嗎？而女兒的畫案上不是有冊

《盧坤峰蘭竹作品精選》嗎？牆邊那尾石魚的後面不是立著準備製「竹琴」的粗粗的竹筒嗎？

這片竹工藝品真有意思，使在下的蝸居談資多起來，也使裡裡外外的竹子和竹的畫譜有了新朋友。此皆劉助橋兄所賜，引用吳佟兄的語氣，這一切都太美麗了。

（二〇〇五年四月四日）

# 洛底



上周六清晨，我又走過那個「洛底」攤，我之說以用這兩個字譯音，是因為我心中因此想到「伊洛瓦底江」。伊洛瓦底江之梵名為Irrawaddy，意譯是「賜予滋補者」；洛底當然的有滋補，但肯定它沒有伊洛瓦底的意思，那本來就是我自己無中生有出來的一種精神滋補。

走過那個攤，發覺協助那個賣洛底的女孩竟是另外一個，我立刻回頭，買四個洛底，藉機問那位早認識了的混血印度婦人；你女兒呢？她說女兒臨盆了啊！昨天生了個男孩。

廿多年了，她一直在附近賣洛底。

廿一年前春節除夕，我牽著懷孕的妻子走到近在咫尺的醫院。過洛底攤時，同樣懷著孕的那個賣洛底的婦人以銳敏的眼光目送我們走過，笑迷迷的說：「祝好運！」

四天後，我和抱著嬰兒的妻子走回家。過洛底攤時，她移前一步看著我女兒的小臉，說「好可愛啊！」

一年一年，我的女兒漸漸長大，間或過洛底攤時，那健壯的混血印度婦人總非常關心的要看看小孩。也不知過了多少年，女兒進小學時，我們一家人才注意，洛底攤邊多了個小印度女孩。心照不宣，一直到那小女孩子漸漸長大，會協助她媽媽做洛底，我們都不問什麼，她當然也不必解釋什麼，我與妻子在閒談時曾經扯到賣洛底的女人，所關注的是不曾見過她的丈夫。雖然有意思想知道一下，但卻沒有去打聽。後來，甚至見她女兒也懷孕，站在那兒做洛底，倆母女認真的邊做邊賣。然而，我們始終沒有見過有男子漢，丈夫也好，女婿也好，我們總都沒有眼福見到，多少總有幾份遺憾。

我們很清楚生活的艱苦，所以有一種想法，站一大整天賣洛底，相當辛苦。也許是這個原因，又或是常常見面的關係，我們一家雖不是十分的愛吃洛底，總常常會買幾個洛底。常常要買幾個洛底的後遺症，是賣洛底的當然視我們一家為主顧，似乎因此總在見面時至少彼此做個笑臉。當然，她也並不是如一般人的現實，我們許久不買洛底，她也一樣笑瞇瞇的，見到我們女兒時也總在讚美幾句。她沒有一點虛偽的意思，我們心裡實在說是感謝她也欣賞她，我甚至和妻子說，這個賣洛底的雜種印度女人非常有風度，廿多年來，她一直站在街邊，臉上沒一絲的自卑，和任何人談話，沒有嘆一聲苦，她總是非常誠懇的讚美別人，但絕無嫵媚的意味。

我曾經私下在想，我們家常向她買幾個洛底，固然多半有同情的意思，但時間久了，竟在心裡演化成似乎在照顧別人的意味，因此曾經有買了無法吃下去的時候，以至於把快樂的事弄成不怎麼快樂。事實上，那婦人的洛底生意非常好，她每天賣完，攤前隨時有人在等待，她之與我們招呼，笑臉迎人，可說並無所圖。買洛底如此，不買也如此；曾經很長時間不買，她還是笑瞇瞇的。比較之下，在豪爽和風度方面，豈非該自嘆不如？我有時懷疑自作多情的結果可能往往適得其反。

大致是一個月前，我和妻子見到她女兒挺著大肚子在賣洛底時，一路上直到回到家中都在談，許多人的生活實在非常辛苦，我們曾假想，如果環境好，應該給她們點幫助，也因此想到這社會有錢的怎麼用也用不完，而且他們的錢只會增多不會減少，窮的人怎樣努力也只能糊口，甚至愈來愈困難。

說歸說，想歸想，我們什麼也沒有做。

一直到上個星期六那天早晨，我才知道那賣洛底的已經成為外婆。我一時不知該怎麼表示一下，只想得起來向她說了一聲「恭喜！」然後心裡總覺得有什麼差欠，因為我只有買四個洛底後離開洛底攤，似乎毫不關心別人，居然冷漠地離開那個有風度的賣洛底的婦人。回到家後，我和妻子一直在談她們倆母女，也一直研究是否可以向她們添丁之喜送點小禮。

早餐時，一連吃多餘的洛底，也談賣洛底人的辛苦，也談賣洛底人的添丁之喜，我同時表示自己只說一聲恭喜，沒有什麼別的表示，心裡頗覺抱歉。料想不到，女兒做了件非常有意思的事，她說：「那印度人的女兒與我同年，我見她就快要做媽媽，所以悄悄送了她們兩百銖錢，說讓她們自己買禮。」

沒想到，我妻子竟高興的流出眼淚。

洛底，使我想起伊洛瓦底江，想起「賜予滋補者」，想起人與人的同情心……

（一九九四年八月廿九日）

# 去請孟獲

三國出現的時間，為公元前二二〇至二八〇年，凡六十一年。在中國戲劇中，十分之一的故事材料來自此歷史演義，因此成為人們最熟習的時代。一部著名的歷史小說——羅貫中寫的《三國演義》，其發行數量遠超過司馬遷的《史記》。

這部小說所有的重要情節，幾乎都由數目字使之更生動和易於記憶，深入兒童以至一般人眾心中。毫無疑問，它是一部非常成功而傳播極廣的小說。

從「桃園三結義」而「三顧茅廬」，而「三分天下」論，再是「三英戰呂布」、「三氣周瑜」、「三日一小宴，五日一大宴」、「過五關斬六將」、「五月渡瀘」、「六出祁山」、「七擒孟獲」、「九伐中原」等等。

寫《歷朝通俗演義》的蔡東藩對羅貫中的《三國演義》，有連篇累牘的譏評，如：「予幼時閱三國演義至赤壁一戰，連篇敘述多至七八回，每歎羅氏演寫此役，最為刻意經營之作。讀陳壽三國誌，與各種史籍，乃知羅氏所述多半附會，雖未始不足饜閱者之目，而空中樓閣總覺太虛，且反足滋後人之疑竇，毋亦所謂得半失半歟？……羅氏演義寫諸葛之六出祁山，說成許多奇談，與七擒孟獲相同，按諸史實，十虛七八，且諸葛嘗六出漢中，並非六出祁山，褒揚失實，何若存真之為愈也！至若三氣周瑜之說，亦屬無稽，盡信書不如無書，況燕談郢說乎？……」

三國演義中孔明之「深入不毛」與「七擒孟擒」，輕易使人連想到，諸葛亮五月渡瀘所去之南中（雲南）全是蠻荒山瘴之區，而孟獲則是無能之笨蛋。事實卻並非如此，且孔明在事前已大致掌握南中之地理及人事情況，有備而去。最重要的參考是，諸葛南征時，曾與馬謖說道：「與君共謀數年，今可更惠良規，免得誤事！」馬謖答：「謖聞用兵伐人，攻心為上，攻城為下，心戰為上，兵戰為下，丞相此次南征，最好使他心服，方可一勞永逸呢！」亮答：「君言甚是，我亦有此意。」想必這「攻心為上」即羅貫中「七擒七縱」之張本，凡細讀之者必發現此描寫手法不足服人，蓋孟獲並非愚蠢之輩，更非三歲兒童。

照史實觀，與蜀漢同時，南中雖不如四川之富厚，但絕非貧脊之區，文化水準也不低。在徐家瑞所著《大理古代文化史稿》中，有這樣一段：孟獲「為夷漢所服」一語，見於正史，細加考查，殊非易事。蓋夷漢雜居，利害沖突，為漢即不能為「夷」，為「夷」即不能為漢，而孟獲兼之，非其才過人，豈易至此。

孟獲在當時，係南中地區一個很有作為，有人望的領袖人物，且官拜御史中丞，歷時甚久，時南中安謐，蜀之軍事資源，金銀丹漆牛馬皆取給南中，於蜀漢關係甚大，功繫孟獲一人。除了良好聲譽，孟獲本身似乎沒有留下什麼文采，但以當時有關人物之文墨觀之，料孟氏必非粗鄙之人。例如當時當地之呂凱及雍闓等人筆下所流露出之散文，皆極有功力；在呂凱答雍闓檄中，有「天降喪亂，奸雄乘釁，天下切齒，萬國悲悼，臣妾大小，莫不思竭筋力，肝腦塗地，以除國難。伏惟將軍世受漢恩，以為當躬聚黨舉，卒先起行，上報國家，下不負先人，盡功行帛，遺名千載，何期臣僕吳越，背本就末乎。」而雍闓答李嚴書亦顯示其受漢化頗深，其文中有：「蓋聞天無二日，土無二主，今天下鼎立，正朔有三，是以遠人惶惑，不知所歸也。」而這些人都曾與孟獲有過交往。

忖劉備得成都後，其轄地之半包括越嶲（西康會理）、永昌（保山）、益州（昆明）及牂柯（貴州平越）。劉備一死，這些地區即進入動盪，具有影響力的雍　即由孫權拉攏，而歷代居永昌之有力人物呂凱對此極為不滿，乃指使高定把雍闓殺了。這個時候，孔明渡過瀘水，南中各方首領均非常關注，而雍闓被殺後，勢力最大的孟獲已成整個南中舉足輕重的關鍵人物。雍闓被殺，孔明南來，孟獲為防西部之亂，乃從其基地步頭路（曲靖開遠一帶）到達昆明拓東，以觀孔明行動。

辛辛苦苦帶精兵渡過瀘水的孔明，在姚州住下後，迅速進一步獲知南中大致情況，呂凱、高定以及足以左右全局的孟獲顯然都在觀望。孔明計高一著，巧妙地把高定引入姚州，拿下宰了，志在威震南中，之後即展開對民間的拉攏及教育和扶助工作，一方面進行了解孟獲的為人及其實力情況，發現此人極得人望，正是他安定南中的一顆重要棋子。

如果孟獲此時身在姚州，率領著精兵的孔明會說：「傳孟獲來見。」孟獲既在拓東，必定有所防備，要擒拿他並非易事，偶一不慎就會「全盤皆輸」。因而選了幾個能言善辯的幕僚，備了禮物，派一隊精兵護送前往昆明。臨行，孔明慎重、清楚的說了一聲：「去請孟獲」。

孟獲對孔明的膽識與作為非常欽佩，久慕其高明，今所見無非謙虛、和平，光明正大之舉，預示蜀漢的「平等待我」。於是對來人說：「失迎！失迎！」又恭敬的說道：「聞丞相辛勞渡瀘水前來南中，我勒格斯（彝語名）便趕忙安定了曲靖開遠民間各事，方到拓東，又恐雍闓的嘍囉滋事，率領了七五百名寧麼（彝語「兵」），準備西行護駕丞相，不料承相用兵如神，已派諸位到此喚我。至誠遵命，吾人何時起行？」

孔明所派人員在昆明停了旬日，明白了地理形勢，便請孟獲就道。這位彝語叫「格勒斯」的重要人物，只隨身帶幾個使喚的「寧麼」，趕了馱著禮物的三十匹馬，說走就走，他心裡明白，謹慎的諸葛亮此時只怕保護我孟獲還來不及。此去，只須到楚雄一帶，蜀漢來的人馬便將一目了然，必將實際情形報知其主。

果然，孟獲所經之處，都有無數百姓跪地叩首。隨駕的蜀漢官兵都因見到孟獲威望之倒映心有所懼，也為丞相之遠見和妙算感到驕傲與光榮。

諸葛亮係經西昌之會理（越巂），從姚安北面之弄棟，也就是會理與大姚之間渡過金沙江的（那兒稱為南瀘）。這條道路原係劉尚行軍之道，《資治通鑑》卷四十三建武十九年九月：「西南夷棟蠶反，殺長史，詔武威將軍劉尚討之。路由越巂……」等語。

一行抵達姚州，丞相行轅鼓號齊鳴，大門開處不見兵甲，孟獲單人隨引見者趨孔明之前。恭恭敬敬不卑不亢一揖之後，說了聲：「拜見丞相。」孔明欠身道：「歡迎！歡迎！」同時指右邊位子說：「請坐！」

孟獲開口道：「丞相遠來，辛苦了！格勒斯因訊息阻隔未能親迎，罪該萬死。」

諸葛亮即刻打斷孟獲的話，說：「久知將軍在南中聲望道德，我此次不遠千裡跋涉，乃是討教而來。」孟獲忙接道：「丞相之言折死我了，格勒斯實乃草野之夫，丞相用兵神速，智謀超越管樂，方渡瀘水即以四兩撥千斤之神威，使南中亂局得以緩和……」此時諸葛亮頓悉孟獲智略，心中盤算著，嘴裡則說：「將軍言重了！我到此不久即做了一件不得不做的事，便是殺了高定。」孟獲再度搶上說道：「此高招也！高定既死，呂凱必雌伏不敢有動；雍闓之忘，南中民向，丞相已知之泰半。」

孔明大悅，爽朗地問孟獲：「將軍之意如何？願聞一二。」孟獲道：「南中乃蜀漢腹地，我輩如不與丞相合作，兵災必至。蜀漢如用兵南中則形同自伐。我本南中草野之夫，直心直腸，不會轉彎，尚祈丞相明鑒！」

孔明萬分稱心，命擺上酒席。隨即又向孟獲問：「將軍對當前天下三分之前景，有何看法？」不料孟獲想了一下，說了一句：「視遠不能顧近，慮大不能計細。」此語似遠又近，深深敲擊了一生謹慎者之心靈，暗想眼前非泛泛之輩，也就有意再一探其腹中韜略。於是，嘆口氣道：「自古天下分分合合，神器時遭毀損，人生數十寒暑，志者亦時受勢使，或忠或叛，史事多有令人感傷者……」語未盡而望向孟獲。

孟獲察知孔明心事，微微低頭說道：「草野之夫，對神器，對忠與叛，實所知有限。」

孔明：「試說無妨。」

孟獲道：「昔蘇武不死，適見其忠；李陵不死適成為叛。人謂武有節行，因辱窮荒；陵乃將才，沉淪朔漠。今丞相知天下之和，成天下之務，不行而至，神也！」孟獲此話一出，雙方靜止下來，良久無語，無聲勝有聲，彼此鑄下惺惜之情……

孔明心中暗喜，眼閃淚光，爽然道：「將軍高人也；我南中之行雖不滿半年，也算不虛此行了！」

（一九九五年四月三日）

# 活著多好



宋干過後某一天上午，身體有些不適，當晚知道感冒了，習慣地服點退燒便藥。三天過後，熱不退而精神萎靡，家人緊張起來了。因「保健醫生」出國開會，只好往附近的醫院求治。護士照例問「找那位醫生？」我搶著說：「年紀比較大，老一點的罷。」

護士可能會連想到，我不喜歡那些初出茅廬的醫生，因此果然由一位有板有眼的花甲郎中為我診病。問過情形，量過血壓之後，驗血驗小便。醫生最後說，服藥後兩天如果熱不退，須再來驗血。我設想，醫生可能是斷我已得了那段時期流行的「登格熱」。

第二天，藥到而體力更差，幸好出國開會的慕堅回來了，已是身體發熱後第七天，由女兒陪伴，到達慕堅所服務的醫院。

醫生問明情形，便叫照X光，正面側面共兩張，稍後他開燈照菲林指給我看，左肺積水，右肺有黑點。我細心審視醫生，顯然見不到他原有的風采，而他隨即與別的醫生通電話，約他後天到醫院來。之後，慕堅很認真的和我說：「後天須來照內視鏡，俾查明右邊黑點，至於左邊積水，可以抽掉。別擔心。」

醫生一句「別擔心」，卻使我「擔心起來了」。

一向小心護駕的三個女兒，大致未曾料到乃父那麼果斷，我問：「照內視鏡是否要麻醉？」醫生答：「要麻醉。」

「我的心臟恐接受不了麻醉，後天我不來，請讓我想一想該怎麼辦。」

回到家，我即與所認識的另外一位名醫聯繫。馬不停蹄，命女兒送我往尋朋友。無奈菲林不在手，再由女兒趕到慕堅處借出底片。朋友是見過陣仗的大醫生，其觀點不同於時下一般醫生。結論是「絕不開刀，即使黑點是『腫瘤』也服中藥。」因此不必照內視鏡。

我的堅持，逼慕堅轉了個彎，透過我女婿，要我務必依期到醫院，無須經麻醉，望我放心。

慕堅一片關懷之心，擔憂我諱疾忌醫，拖延了醫治時間。在照了X光後我研究自己將如何面對的時間中，我事後知道，家中人分別求神拜佛、買牛放生，祈求上蒼開恩賜福。

我依期到醫院見慕堅，稍待即躺上推床，由車送往照「電腦X光」（掃描）。我被移到另一張床上，有皮帶繞在腰部，布條蓋了雙眼，然後服務員告訴：「進入後將會聽到多種響聲，如果感到有什麼問題，可以聯絡，別怕。」

我聽到過不少有關醫療儀器發生故障的事情，因此，我問了一句：「我被推進去會缺氧嗎？」

折騰了一個小時，心中很不愉快。而立即獲知的是必須住院。這就是說我已處於「未知數」的天秤上，因此當夜我無法入睡，甚至想及自己還有很多事情沒有交代。於是，我煩躁不安，不時望向在病床邊陪伴著我的二女兒，她隨即問「有什麼不舒服，要什麼？」之後握著我的手，用另一只輕輕摸我手背。無言的親切對視，各有無際無邊的思維馳騁，都傾全力圖引對方往好處想，然而也都改變不了非常現實的憂慮的空氣——未知的，可能就會到來的可怕壓力……

靜寂的病房深夜，我輾轉反側難以入眠，思維像脫韁之馬縱橫奔馳，一會馳向樂觀的康莊大道，忽又闖進悲觀的「終結」胡同，女兒靠著床沿打瞌睡，我不忍心抽開女兒握著的手，怕她無法入夢，事實她在努力保持清醒，不時睜開眼睛看乃父是否入夢？

那是漫長的夜，是我一家人不安的夜，是我深切的想到生死、想到死後種種的非常煩躁的夜……

天亮對一個無法入眠的人，是喜訊和希望，悲觀情緒由希望所代替，黑夜被充滿生氣的光明所吞沒。瞬即早餐時刻到來，但我食難下咽，勉強吃兩口為的是安慰陪伴著我的女兒，她一匙匙打了喂我，使我想起既往我餵她的情景，我禁不住掉下眼淚，即刻用餐巾擦去，裝出笑容。

九時正，輪椅入房，護士告以慕堅在等。

輪椅從容進診室，我留意到慕堅神采依舊，而且瞬即飛揚，笑著對我說：「你可放心了！檢查結果，黑點沒有癌菌，你患的是肺結核，沒有問題，現在為你抽肺積水。」

大體上，我相信醫生之言，輕鬆了些，然而通常病人患了不治之症時，可能遭逢到醫生與家人布置好的「善意矇騙」，於是我引誘醫生說話，存心從中捉捕真假。慕堅極為聰明，反復解說，讓我盡失懷疑，擁抱幸運。

藥，大致「殺傷力」強，當晚有些難受，醫生明說須看對藥的適應能力，因我不但年高，且患有其它病症。我明白，年老病人往往會在新病襲來時發生「病變」（併發症），因此虛心接受，耐心忍受。當天夜裡，我周身不舒服以致想呻吟，但我深知個人的聲息牽動著一家人的心，因此把呻吟咽下去，也就在欲呻吟而咽下之際，腦中突然有三兩句或許可稱之為詩的句子閃過，刻入心肺，它是：

我流淚，
不是傷心，
而是感激！

在醫院裡住了三夜，第四天上午，慕堅來到病榻。表示可以出院，但須萬分小心，注意調養。女兒先下樓領藥結帳，稍後家中人齊至，迎我回家。

依然坐輪椅入電梯。

出了電梯門就是醫院大廳，這家醫院很寬闊，我舒適的進入寬闊中，眼見醫院玻璃大門。此時，我想到若干朋友的過去，從大門進來，不幸從後門走了，殘酷和始料未及的變化使許多人哭泣。

自動門張開，我眼見晴朗的天空。

此刻我腦中閃耀的是：「活著多好！此後我將珍惜，分秒必爭。」

（二〇〇二年七月十五日）

附錄

# 論「鄭和下西洋」的戰略思想

研究「鄭和下西洋」的事跡，有必要對明朝以及對派遣「三保太監」出使西洋的朱棣有所認識。明太祖的政權是趕走蒙古人的統治而建立的；在對元的戰爭中，燕王朱棣驍勇善戰，屢次率兵遠征長城外，大敗元兵。因此，在朱元璋諸子中他的功勞最高，其個性也酷似乃父，故曾盛傳將立為太子。但太祖最後終於立了長子朱標之子允炆為皇太孫。由於標早死，洪武三十一年（一三九八年）太祖駕崩，允炆即位。是為惠帝（亦名建文帝）。惠帝即位時，廿一歲，朝政由太常寺卿黃子澄，兵部尚書齊泰掌持。

惠帝即位後，最感困難的是，諸王權勢太重，根本不把他看在眼裡。惠帝因此采納黃子澄的主張，削弱諸王的兵權；一年之中，湘、周、齊、代、岷諸王不是死於自殺，便是被廢為庶人。朱棣（燕王）自然不免有兔死狐悲，唇亡齒寒之感，乃練兵鑄械以應變，一面裝瘋作病，而轉移朝庭對他的忌刻。但朝庭卻洞悉其謀，於是於建文元年，詔削燕王爵位，並計劃拘囚。燕王得知，也借口朝庭裡有黃子澄、齊泰一般奸妄用事，以「清君側」為詞，自號其軍為「靖難軍」，起兵南下。經過三年之戰爭，燕軍得到宦臣的內助，終於攻陷了南京城，時為建文四年夏季。京城既破，宮中大火，惠帝於紛亂失蹤。燕王入京後，詰問宮人內侍惠帝何處去？此事一直成為懸案。蓋有人說，宮中大火時，惠帝與皇後同死在火中；亦有說，惠帝在危急時逃出了京城，乘海船飄往南洋群島。故明史胡濙傳云：「傳言建文帝踏海去了，帝（永樂）分遣內臣鄭和數輩浮海下西洋」。故後人皆視鄭和下西洋是在追尋建文帝蹤跡。

然後宏觀方面研究明朝歷史，應該認識，成祖功業不僅於五次征討蒙古，其在水利、工商業方面的建設，也有很大的成就。讓我們把眼光集中在明代初年的海外貿易方面來檢視一下，元代海上交通，原很發達，互市的港口，計有市舶司，而以杭州、泉州兩地貿易最發達。泉州為海船集中地，當時，與地中海的亞歷山大港，同為世界貿易港口。

明洪武元年（一三六八年），原有市舶提舉司之設，後因倭寇猖獗之故，於洪武三年廢棄。直至永樂元年，因國內工商業發達，政策因此改變，易禁止為管制，又恢復市舶司。《殊域周咨錄》說：「自永樂政元，遣使四出，詔諭海番，貢獻迭至，奇貨重寶，前代所希，充溢府庫。貧民承令博賣，或多致富，而國亦羨裕矣」。

就是這個時候，居於北方的蒙古派系中，有了韃靼及瓦剌兩國王朝的出現，維持著元朝的舊制，不時侵擾，企圖重返中原。在明室看來，自是心腹之患。再是永樂年間，黔地土酋發生內爭，成祖密令鎮遠侯顧成率兵五萬深入貴州，鎮平內爭，並分黔地為八府四州十五街。青海、西藏、尼泊爾諸西南夷均已內屬。一四〇七年成祖派成國公朱能為大將軍，討平安南內戰，但該地動亂頻仍。永樂數年間曾歷次用兵，而鄭和七次下西洋中，六次到安南巡視，可以猜想成祖如何關心中國南方的局勢。

由此而觀，成祖乃是一位雄才大略的君主，即位之初，就一變洪武時代的鎖國的政策，遣使詔諭南海諸國入貢，明史實錄鄭和傳云：「宣德五年六月，帝以踐阼歲久，而諸國遠者猶未朝貢，於是和及景弘奉令歷忽魯謨斯等十七國而遠」。非常明顯，在這短短數語中，令人發現一個極為重要的戰略觀點，即成祖與其謀略者之遠大目標，是在監視「西征」的動態，及企圖開闢「西征」航線。吾人應該參考，西人布哇氏（L. Bouaet）曾搜集當時亞洲史料，著成《帖木兒帝國》一書，詳述元朝自被明太祖擊敗後，分布於西亞之元裔各國，形勢十分混亂，有附馬帖木兒者，掘起於撒馬爾罕，自承為成吉思汗嫡裔，於洪武年間以武力統一此種局面，雄據西亞，占有今日的伊朗全部，後又侵略土耳其，成為龐大集團，聲勢很盛，稱為帖木兒帝國。

成祖踐阼伊始，即遣使敕諭朝貢，沒有效果，不但如此，永樂三年，帖木兒竟假道別失八裡。（今新疆北部）率兵東侵。但帖木兒出征未久，死於中途，而鄭和航路的最後目的地即忽魯謨斯；忽魯謨斯恰好就是帖木兒帝國的基地。由此觀之，成祖遣使下西洋，哪是為了尋找惠帝？以整個當時情勢看，不是為開闢西征航線是什麼？

明朝這段歷史，以及當時的時代北景，加上成祖的眼光，是值得吾人深思及研究的。有位吳啟元先生在參閱了一本《中國歷史與文化地理圖冊》後，寫了一篇題為〈孤臣孽子應讀之書〉。他指出，那本圖冊當寫到明朝，資料豐富，圖目增加，從明代初期之疆域以迄徐霞客旅行路線，鄭和航海圖，明代長城圖，明代西南土司等。他說：「本書作者之所以特別重視明朝，編了廿九幅地圖，看來並不單是史料多，而是另有深意在焉！蓋在明初全盛時代，中國是全世界領導的國家，歐洲尚在擠迫窮困中掙扎。永樂大帝之一再派鄭和等人下西洋，船隊空前龐大。該圖冊中的『明代初期之疆域』，向北推進了數千里，包括整個黑龍江流域以及苦夷（庫頁島），把明初所設的數十個（街）大都找出來了。這証明永樂大帝的目光遠大；除了向西南發展外，同時亦向東北發展。……」

再參考梁啟超所撰寫的〈鄭和傳〉中，他說：「吾征諸史文，於鄭和首途之前，有深值注意者二事：一曰，其目的在通西歐也。本傳云：令和及其儕王景弘等通使西洋。又云：俗傳三保下西洋，為明初盛事。」

鄭和的「下西洋」航線，其壯志較狄亞士、哥倫布要早一百多年。而此時，在成祖的心目中，中亞的回教國家正逐漸強盛，從而對中西的交通，時加阻撓。洪武三年（一三七〇年）羅馬教徒六人前來中國，全數不知所終；一度使中西交通完全斷絕。

從前面簡略的形勢看，鄭和當時率領那麼龐大的船隊與人員並物資出使，實有深意在焉！偵查惠帝蹤跡即使有之，時過境遷亦不再是主要的目標了。而根據中國歷代對外政策，皆是睦鄰遠交，安撫賞賜，大不了令其朝貢以示臣服，臣服便得好處，獲保護。鄭和七次出征，最末一次是宣宗五年（一四三〇年），已經歷時廿五載。鄭和每次出使，都帶著豐富的物資與技術醫藥人員，故幾番經略，從宣慰的角度看，實在卓越深遠，在政治上他代表了明朝，國威遠播，外王爭相受封，且充分發揚了中華民族濟弱扶危的精神。再是鄭和的出使對海外貿易開闢了廣闊的道路，他的船隊隨時以絲、茶、瓷器換取香料與染料，技術（如造船）及醫藥知識同時傳播；德澤廣被！

作者按：本文係一九九三年出席「首屆鄭和研究國際會議」（昆明）之論文及演詞。

一九四三年像一道傷口，雲南西部重鎮騰衝淪陷，日本飛機不斷轟炸昆明和保山；昆明「交三橋」被炸死很多人，我是倖存者之一。同仇敵愾，我即時辭去社會處的艱苦工作，參加了學生工作隊。入營第二晚，我胞兄帶來噩耗：「媽在建水家鄉仙逝……」

兩人一時泣不成聲，終於他說道：「自古忠孝不能兩全，你就去罷！我將趕回家料理喪事。」於是我心中萬分難過，淚眼望著兄長離我而去。翌晨我穿著軍裝（那套淡黃色布料壞極的軍服，當時叫「二尺五」）隨隊出發。參加工作隊的人都須有點長處，演戲唱歌或者打金錢板、蓮花落。我是靠敢於在高牆上畫大字而獲錄取。

軍車前進著，歌聲陣陣中，我想著自己的媽，暗自流淚。車到楚雄城外，全隊進入一家茶館等伙夫造飯之際，說湖南話的上校隊長叫大家依序自我介紹。輪到我時，竟自說了喪母之事，一時哭泣起來。那位隊長倏的說道：「大家起立為這位同志的偉大親娘默哀三分鐘。起立！」居然有的同事竟哭出聲來，我當時希望自己的母親在天之靈能夠知道此情此景，請她原諒兒子的不孝。

工作隊直開赴保山藍圩村，離第十一集團軍總司令宋希濂所在不遠。過了兩天，工作隊就到宋總部聽李根源先生講話；李印老是由宋希濂扶著走出來。由於渠係當時政學系的魁首，學生們肅然起敬。

稍後幾天，我們出發至保山之外的一百零七公里。等到天黑，全隊一一拉手在叢林中慢慢移動，腳踏的是什麼也全不知曉。一直由帶隊的帶到一個前線指揮部。進到草棚席地而坐，嗅到一股臭豬肉味，猜想是慰勞品；前線不敢大燒大煮，臭了！軍隊中的苦可說說不完的，為了抗敵，都把生死置諸度外。

這時有位聯絡官說：「拉二胡打蓮花落都不必了，謝謝大家。我們能做的是，明日天亮前帶諸位去看看敵方陣地。」隊中有人小聲罵：「他媽的！」結果，從望遠鏡中什麼也沒有看到，但感覺到心跳得厲害。因據說有時會有機鎗掃來，炮彈也會飛來。置之死地而後生吧！我想，要愛國，也的確要有膽量，這就算是真的到過前線了……就那麼望過一下什麼也沒看清楚的敵方陣地，印象最深的反而是鳥瞰當前的怒江像條小溪，其兩岸一再戰事慘烈，死傷枕藉。滾滾怒江在咆嘯著，青年熱血滔滔……駐保山藍圩村不到半年便撤到大理城中，此時工作隊大門口有這麼一副對聯：「升官發財請走別路；貪生怕死莫入此門。」

在大理，穿著二尺五的我在高梯上把抗日標語寫在牆上時，知道有許多人在觀看，心裡有點飄飄然，也想到還算沒有帶上領章，看的人定想小兵竟敢如此塗鴉？不免意外之驚喜。

在大理期間，每逢拜一早晨，須集隊到第十一集團軍總司令部——聖麓公園參加朝會。宋希濂才三十六歲，掛著中將金領章，筆挺呢軍服，長統馬靴，滿面紅光，圓臉，很像個樣子。望著這麼福相的大官兒，我腦海中不斷走過黃面鳩色、骨瘦如柴的士兵形象。但無論如何聽到宋希濂激情的講話，都是民族、國家、殺敵，心中很喜歡他。

離此五年之後的一九四九年，宋希濂的回憶錄中有一個小節有必要趁此一提。他寫道：「……一九四九年十二月十九日拂曉，前顧葆裕所率的那縱隊已離開沙坪的金口河前進，我們於七時正擬出發時，行進的道路卻被對岸山頭上的濃密槍聲所封鎖，而緊追在後面的共軍也快到沙坪，我在走頭無路之際，覺得當俘虜是多麼可恥，抽出手槍準備對自己的腦袋射擊時，被緊緊跟在我身邊警衛排排長袁定候一把抓住，不到幾分鐘共軍十多人走過來，我成了他們的俘虜。」這時，宋的官銜是川湘鄂邊區綏靖公署主任，麾下最初時約統轄十四萬人。真的是榮華富貴如過眼煙雲。

回頭再說自己在大理的日子，生活是輕鬆閒散的，因而對南詔、大理的研究興趣於焉開始。不曾料到的是，就要有個「戰幹團」開學，大理來了許多青年，還有女的。幾十名女生在未參軍前都與學生工作隊住在一起，面對面兩棟木樓，各住一處，可以隔著天井講話。因為工作隊員都有幾分儒雅，能說善道，很容易與新到來的「小姐們」熟習起來。吃飯時混在一起說笑，我因此認識了幾位閨秀；閨秀參軍都有一段滄桑。所有這些人不久之後就彼此見不到了。

戰幹團開學後，我與幾個工作隊同事（大家稱同志）被派往蘭坪地區調查「兵要地理」，也就是近高黎貢山和三江並流的高山俊嶺地區。

在蘭坪山區，人似乎變得非常渺小，從天剛亮到黃昏才爬半座山，只帶著一壺水和自己的乾糧。找地方息一夜後再繼續前行。此時，我眼見被徵的新兵像犯人般由繩子一連串的綁著，要逃跑是不可能的。見到山間貧困的人與被綁著的壯丁，我開始對戰爭感到悲哀與殘酷；同時想到我們辛辛苦苦做的調查，對於慘烈戰爭的本身，也許根本派不到用場。終於，果然不錯，還活著的工作隊員都獲准請長假——用不著我們了。

問心無愧我回到昆明，途間一度饑餓難忍，仰望著蒼天流下頗傷心的眼淚。生命是這麼的渺小而無靠。此時也，路有凍死骨而發國難財者則大有人在，民眾痛恨日本侵略者，熱血沸騰，感慨萬千。

終於我重新回到薪金能供養自己七分飽的社會處，趁機苦讀，一心要考個什麼技術學校。幾個知心男女同事互相鼓勵，彼此間有愛的意識，但是都不表示出來，連錢也不分彼此了，因而大家的關係非常親密，形如親兄弟姐妹。

一九四五年八月十五日，一時間全國狂歡雀躍，爆竹響過不停。那天夜裡，人人難以入眠，抗戰勝利了！也居然有人說這是「慘勝」。之後不久，我自己很幸運，考取了校址在重慶的「國立東方語文專科學校」。就只這麼個語專，對我的家庭以及對我來說，有點像古時考到進士那麼興奮。我家本就是建水城唯一的進士第，因而家道中落多年的進士第新出現的小子，一時令親親戚戚都另眼相看，家中有位堂姪媳還以她兒子的口氣說：「正屋頂上多年長出一棵籐子，花葉並茂，那就是我們家十三爺顯耀的兆頭。」我的天！

我臨飛重慶時，我兄長一再說：「你要努力呀！家中這麼多人期待著你；當然實際你只是去求學。」

重慶新開市和尚坡語專校址，是一群茅草屋，我對它肅然起敬。一年之後，復員南京。非常令人驚奇，校址是紫竹林禪寺，而在重慶之前，語專校址是雲南呈貢水月庵。真的太巧合了！一九四六年及四七年的南京，是接收（劫收）沒完沒了的時光，是教人難以冷靜的時代，是山雨欲來風滿樓的前夕，不是讀書求學的年代。物價不斷上漲，短短期間攀升了兩百多倍。而桂系李宗仁之當選副總統，使敏感的民眾預感到，變化就將到來。既不能好好讀書，一般人都在冷眼觀世變。那時南京當局「安定中求進步」的號召已搖搖如墜；雖說良知才是人類生存的唯一希望，但這個信念似乎已被大風吹走。人，捲入政治鬥爭中，時代對生命、對兒女情長也非常殘酷。

我既學了暹語，名正言順，已有我應走之途。於是竭力籌備旅費，四處奔走找尋力所能及的赴暹便宜交通。之前與親如兄弟姐妹的好友再三研究，又與相愛著的藝專學生訂下未來之計。終於以三千五百萬當時的貨幣，作為唯一的乘客走上蔡鍔號運米船。婉拒好友送行，我告訴自己抬起頭來挺起胸膛；心中「有所為有所不為」的意志和毅力反復鞭策著自己，同時把已經過去的夢幻拋棄……

當三千多噸的蔡鍔號運米船駛入海天一色的大海時，我瞬即發現所謂輪船已變為一葉扁舟，而我開始嘗試寂寞滋味，認真地認知自身已飄向遠方，回程再不是咫尺天涯；遠望著黎明前升起的旭日光芒萬丈，以及金烏西墜時的暗然神傷，不禁掉下眼淚，而我頹然感到寂寞和心智變化起伏與發狂的現象似近在咫尺。這瞬間，我從船艙中取出日記本及記事簿，把心一橫拋入海中，我決心以一個謙卑的生命走向未來……

漢時李陵的感嘆「遠謫異國昔人所悲」不斷在腦裡出現。同時也想到家鄉，想到愛人和曾經親如兄弟姐妹的朋友。然而，船在大海中前進，它將帶我到完全陌生的暹羅，囊中無已回程的路費。

船進入暹羅灣時停止下來，等領航員。

第二天一早，領航員與移民官員乘小艇而來。雙方英語對話。運米船中唯一的乘客十分謙虛的繼「沙哇底！克拉」之後，把預備好的暹羅話派上用場。泰國移民局官員見初來者既有禮貌還能說暹語感到驚奇，因而態度十分友善，並且告訴我如何進行長期居留的有效方法。

運米船駛進湄南昭帕雅，異國風光令我大開眼界，佛塔、黃瓦、披黃袈裟的和尚緩緩而行，一派安靜祥和的氣氛一分一秒的懾服了我茫然了七個晝夜的漂泊心靈；我已然直覺到，這將是我安身立命之所。

蔡鍔號貨輪駛到米矮碼頭為止，我提著軟細踏上佛土，岸邊有移民局人員辦理登記。很有趣，問到「省籍」時，他不聽答話而自言「潮州」，很快填好。這時他旁邊閃出一位中年婦人對我說：「我擔保你，明天上午十點你到移民局就會見到我，這是我的名片朱碧雲。」她講華語，我問她：「我的護照呢？」朱碧云答道：「在我這裡，你不用擔心。」一面說，一面從手提包中取出給我一看。沒錯，就是我的護照，泰國駐南京領事在護照上寫著「只停兩個星期」，我當時不敢多想此事。

走出米矮碼頭巷子，站在石龍軍路邊，先東瞻西望一會，有些興奮但也立即有無以名之的憂慮，眼見耳聞都已是另一個世界。此時我叫了人力車直奔《曼谷雜誌》社，從石龍軍到耀華力六層樓後，一路所見最大的驚喜是處處掛中國字招牌。而在沙吞路口適遇剃度隊伍，許多人在鼓和小鈸聲中邊走邊舞，臉上塗著白粉，非常投入的舞著，旁若無人，要剃度的十多歲小孩騎在乃父肩上，雙手合十，此時來去車輛都停下來。我當時，因見到一個剃度送行隊伍的歡樂而驚奇不已，人們對佛教信仰之虔誠，甚且寓宗教於娛樂，大群人舞之蹈之，我心裡很好過，因為對所見十分歡喜；無疑是和平的樂土，我為自己的選擇感謝上蒼……

人力車到了《曼谷雜誌》社，我要找的溫田烽先生不在那裡。但立刻有位先生自薦帶我去溫府，而且他付了車資後，帶我見到溫夫人。頃刻間為我帶路的那位先生便回頭走了。我一直抱歉竟未問他尊姓大名，也沒有說聲「謝謝」。毫無問題，他很樂意帶一個說華語的學生到溫府。

我踏上暹邏佛土，最先伸出手說歡迎的溫夫人就是重慶才女摩南。之後，她請我坐下休息，又把一杯冰涼的水遞給我；我坐下來，喝了第一口涼水。這剎那，七天七夜的航程，對未知的前途之繫念與憂慮，一時間放鬆了許多。而那之後，我在溫府認識了很多青年朋友，摩南是他們的學長。

經過兩個月的等待，我進入中原報工作。這個關鍵，促使我數十年來安心而且平凡的在泰華新聞界度過，因我並無雄圖，只想在淡泊寧靜的人生道上與人無爭，致數十年生活如一日，神定心安。當然我還做不到陶淵明所說的「縱浪大化中，不喜亦不懼」。我很滿意自己的遭遇，感激給我介紹信的恩師張禮千先生和把我安插進入中原報的余子亮先生。後來我多次見到余先生，他都問：「你好吃好在的嗎？有問題時，可以找我。」一九四九年八月間，我的母校合併於北京大學東語系。十餘年之後得悉不善辭令、直心直肝的一代學人張禮千先生最後是投未名湖而告別此生。一九九五年金秋十月，我與在北大求學的女兒散步在未名湖畔時，我以憑弔的情懷呆望著湖水，無盡感傷而終至垂淚……

大致從一九五〇年起，泰華報業特別興旺，有好幾份周報先後問世。我與三兩好友辦了《舞台周報》，自任主編，報導娛樂消息。此時我兼任了由香港電懋影業公司所屬國泰戲院的宣傳職務，林蝶衣先生一度為國泰戲院翻譯燈片。就在此期間，另一份報導娛樂消息的《展望》與《舞台》演成筆戰，事情鬧得很大。在此前後期間，電影院生意興隆，而「影評」文章大為吃香，珊珊、摩南、麗江、花小菲、陸留及利可等一時成為戲院最歡迎的人物。

一九五五年，我以全部熱情和精力協助馬子厚、王維周及黃美之等熱心鄉長，籌備組建泰國雲南會館，我全力以赴進行聯絡工作，並與李拂一先生共同擬定會章。好幾位熱心鄉長不時聚會，漸漸形成一個團結中心。

會館終於在素裡翁路成立，順利選出第一屆理監事會，互選結果，馬少昌任監事長，尹欽本當選理事長，我受眾理監事之託兼任總幹事，稍後我便著手編印了《泰國雲南會館成立紀念特刊》。兼職會館期間，我曾進入監獄為被囚鄉婦帶出其在獄中所生之兩歲小女孩，暫交托兒所教養。擔保過在佛統監獄中的兩名同鄉、到神經病院及移民局拘留所慰問同鄉。諸如此類的事很多，使我覺得做人很有意思……

連任三屆後因會務已上軌道而懇辭離開。大致到第七屆，我獲選為監事長，連任兩屆後監持告退……

五十多年來我在六家報社工作過，其間兩度因自己耿直和講原則而被「請走」；另兩次是自己不辭而別。我經過不少有趣而不堪行諸筆墨的事情，也小小的開罪過像杭某某一類的大官兒，其原因不久我固執於「有所為有所不為」的原則。

近二十餘年來我多次到過昆明和北京。二〇〇〇年春天，應幾位數十年不見的老友之約，於農曆秋天在昆明見面。料想不到在一個本該是慶祝的筵席上，因最先講話的人一時有淚無聲，致大家都嗚咽起來。陪我而去的女兒見此情形，也珠淚滾滾。這些人，沒有一個不曾坐過監牢，最少是十五年，而刑滿之後多半當苦力謀生。此番見面實在是欲說還休，不說也罷……

從進入湄南河那天起，我已愛上佛土。兩萬多個日子在平凡中過去，我滿足於淡泊寧靜而簡樸無虞匱乏的生活；活著是如此的輕鬆，也許只要腦與手還靈活，像吐絲的蠶，吐到完為止。我沒有什麼奢望，只是做我願意做的事情，以感恩之心過平淡的日子……

（二〇〇五年一月三日）

附錄

# 金沙‧文人風骨——嶺南人訪談

嶺：魏老，早期您發表在海內外的文章，常以「麗江」為筆名；近幾年來，您常用的筆名，寫散文用「金沙」，寫新詩用「滄瀾」。看來，您對故鄉的江河，山山水水，情有獨鐘。可否談談您選取筆名的來龍去脈？

金：一九四八年七月我到泰國來不久，便以寫文章為樂。開始用筆名有個想法，就是把真實姓名隱藏起來，而選取筆名最先考慮的是必須暗示自己是何方人士，「麗江」則是我最喜歡的茶馬古道要衝，自己也研究過雲南少數民族問題，對東巴文化很感興趣，開始寫的「戀愛小說」〈懸崖〉就是麗江故事，因而隨手寫下「麗江」這個筆名。那知不多久，筆名竟被冠上真姓一起稱呼，朋友們直呼「麗江」，有的人甚至以為我是麗江人。被冠上姓的麗江傳開後，我有點不安，常想把它沖淡，讓它消失，於是取用諸如「水真人」、「滇人」、「玉溪」、「石屏」及「滄瀾」等筆名轉換使用。這其中有個樂趣是，有的讀者始終知道此人仍是那人，有的人則錯覺以為時有新人出現，我自己樂在其中，有捉迷藏的味道，也有不忘我的家鄉就是孟獲家鄉的心靈歸宿感。大約一九七〇年起，麗江成了旅遊熱點，因而我從一九七八年開始用「金沙」為寫散文的筆名仍以「滄瀾」為寫小說及新詩的筆名，短篇小說也常用「金沙」，「麗江」一名則漸被淡出。近廿年來，似乎「金沙」這個筆名再也隱藏不起來了。

我一直不忘自己是雲南建水縣城中「進士第」的子弟，無時不懷念雲南的一草一木，以身與孟獲為同鄉而自傲，多年來我一直有要寫《孟獲傳》的打算，已收集不少資料。

嶺：您是在重慶與南京讀完大專學業，才南來曼谷，是從四十年代的動亂走過來的人，是否在學生時代，就愛上文學？哪些作家對您的影響最深遠？在寫作的路上，曾否得到師友的鼓勵與扶持？

金：對這個問題，我可能答非所問。一九四五年抗日戰爭勝利，我考進當時的「國立東方語文專科學校」，在重慶的茅草屋教室中讀了一年，之後即復員到南京，在紫竹林的一所寺廟裡念了兩年。說實話，都沒有好好讀書。一九四五年抗戰勝利，青年多異想天開，想做大事，並不注意手中書本，而兩年之後，國事即陷入亂局，一九四七年時物價漲了十四萬倍，一百萬元還買不到半盒火柴。在這種情形下，文學被恐懼與饑餓唬垮了。我看書是從七歲起，魯迅、巴金等人的著作也是幼年時閱讀的，隨後看郭沫若譯的《浮士德》，一時間抓得到借到的書就看。一九四五年接觸過臧克家、魏荒弩及邱曉崧（我的表兄）等辦的《詩文學》。當時對什麼書本都囫圇吞棗，不求甚解，結果似乎什麼都懂，也什麼都不十分清楚。

文學的力量是我在一九四六、四七兩年中在時代激流裡猛然發現的，學生壁報左右陣勢分明，論戰尖銳。然而這期間，純文藝的壁報所能發揮的作用極為微妙，長遠的路途是指向和平，指引出生命的意義，終於我的情感被藝術的魅力所俘虜，既然我學過泰國語文，也研習了新聞學，乃決心去國，隻身從上海乘船來到佛都，想藉此充實自己，再作打算。在此之前，我在文學的領域，並未得到什麼良師指引，全靠自己亂闖，所以我一直說自己對文學只是外行。

嶺：抗戰勝利後，您南來曼谷，是什麼機緣，使您走入報界？您是先在哪家華文報，開始您的編輯生涯的？當年的報人生涯，與今日相比，有何異同？同時您有什麼特殊的遭遇和見地也請講一講，當為講古也是有意思的。

金：我很喜歡這個問題，可能答得嚕囌一點；我是「東方語專」的學生，該校教務長是創辦「南洋學會」及《南洋學報》的主角張禮千先生，與此間余子亮先生為至交好友，我臨離開南京時，張禮千先生給我一封信，要我到曼谷時即拜候余子亮先生求一職之棲。余子亮先生請吃飯之餘，吩咐我可於翌日到《中原報》去工作，中間雖有一些周折，但我終歸進入《中原報》服務，編了九年的國際新聞，有兩年兼寫社論，但外間並不知道。然正是勝任愉快，各方印象不惡時，一天，報社大權在握的李其雄總經理請我離開報館，他說「請原諒我的苦衷」。其原因是當時的「舞台」與「展望」兩份娛樂新聞週刊衝突，而我是「舞台」總編，對方是「展望」記者，兩人均服務於《中原報》，衝突圈子擴大，李恐受到波及，乃斷然請兩人立刻自動辭職。

請讓我一籃子的敘述吧！雖僅能從略，但大致還是有點意思的。從一九四八年七月起到目前，快滿五十三年，我始終抱持君子風度，曾在六家日報工作過，有兩次是工作成績正顯著時，事前一點心理準備都沒有，報館當局突然「解聘」我，當時我還以為是開玩笑；另有兩次是報社發不出薪水，致無法養家活口，只好設法另求生路，曾想要「引車賣漿」；兩年前的一次是我年事已高，為減輕壓力，辭去職務；現在依然還在一家報館做幾乎沒有時間性的工作，得心應手，小心翼翼，非常愉快；我的待遇僅只算動手的代價，知識及經驗則並無報賞，但我始終安貧樂道，心平氣和。

兩次被「開除」的事，如果能細說，定然趣味連篇，圈內人老一輩的人大致都略知梗概，其中一宗的對手已作古，我不宜再講；另一宗是老闆糊塗，聰明人也用不著再重複，但有一點，泰國的華文報似乎都少言制度規章，有的是老闆可以隨心所欲，有的是內部弊病叢生，只會直來直往的「書呆子」，講原則良心，稍有品格的文化人，處在如此的情形下，能守著正直的立場，抬著頭高傲的活著，已經很不容易。我自己沒有什麼學問，有自知之明，但生來一身傲骨絕不屈膝哈腰，不求聞達，一生淡泊成了習慣，名利非我所求，故能安之若素，過恬淡的日子，蒼天已對我不薄，絕不仰人鼻息。

四十年前的華文報界與工作人員，比現在有榮譽感，也比當今是非分明。但大體上，我仍是歡喜這個行業的，能照自己的生活方式簡樸過活，甚至閉門謝客，我行我素。

嶺：您是泰華資深的報人、作家、詩人；當過主筆，寫過社論，主編過《星暹文藝》，一直擔任「泰國研究學會」的副會長，出席過多次國際學術研究會議，發表論文，也還在主編《新中原報》的《黃金地》學術專刊及「各府新聞」。請您談談，半個世紀來的編輯生活或華文報界滄海桑田。

金：談到編或寫，論到報社的職務，應該是很有意思的事。半個世紀的滄海桑田從某些角度來看，不乏悲壯悽愴感人心肺的故事，在我看來，許多人是「只緣身在此山中，雲深不知處」，勞碌一生大致也只是為了活下來。泰華報業的生存與發展有其特殊性，固然此行中人應以學識與才華，特別是品格為最重要，與此相衝突的是，這裡實際只有兩個階級，一是老闆，一是夥計，故無論你能不能寫，有無才華，如果你不是老闆，就一律都是夥計，其中少數例外。從這個原則來審視，則主筆也好，甚至總編輯也好都是夥計，既是夥計，就是老闆的從屬，你被運用，是老闆一時的需要，但如果你道行不高，就得隨時有掛冠準備。當然，行中也藏龍臥虎，不乏出類拔萃之能人。我講的並不動聽，或許也不盡如此，但我親身經歷，許多人的不幸遭遇與含恨以終，歷歷猶在眼前；記憶中，有做老闆的因發不出薪，面對著渴求甘露的苦臉，靈機一動，把頸上金鍊取下差人立即去當點錢分給各人買米充饑；有兩位總編輯鞠躬盡瘁死而後已，只得到微薄撫恤，有三幾位古稀編輯盡忠職守，做到「春蠶至死絲方盡」的終結時刻，嘔血而走完其「文人」時刻，臨斷氣還掛心著他的「標題」；有三位潛心研究學問的行中人，一在氣衰力弱時，把畢生藏書出售，悄然去世，兩位窮愁潦倒而終，著作及資料被當廢紙處理。由此而觀，可以想像泰華報界曾經有不少人默默耕耘，為中華文化而獻身，他們持著「且化春蠶織山河萬朵，寧為明燭照大地一生」的精神，做了無名英雄……

半世紀來，我一直心平氣和，盡我所能，未想及地位金錢，所幸還能自立，不賒不欠。

嶺：如能自由選擇，您願當一名自由撰稿人，還是當主筆，當主編？聽說，您主編《暹文藝》時期，對青年作者特加關注。請問在您的鼓勵與引導下，哪些青年的作者走上寫作之路，成為泰華文壇引人注目的後起之秀？

金：我以為我正走上自由撰稿人的道路，但年事已高，只能盡力而為。談起《星暹文藝》，還得多說幾句；一九八〇年時，《星暹日報》的張藝光總編輯大致想振作一下，要開闢一個文藝園地，報館中同事都已編好幾個版，工作繁重，張藝光有個美麗的夢，託我邀請放下《世界文藝》已五年的重慶才女摩南來主持編務，我雖知他枉費心機，但仍努力一番，不出所料摩南婉拒。張藝光順水推舟，聲稱你請她不到，就只有你幹了。那一段時期，我正認識一批頗有才華的青年男女，故一口應承。《星暹文藝》可謂旗開得勝，此間不少作家踴躍支持，我周圍的一批青年健筆則源源供稿，稍後還添加了根底深厚的黃應良。我只是把版位提供給他們，讓他們有充分用武之地。黃應良已是當前文藝圈的要角，其他幾位則已少搖筆桿或遠走美國澳洲。《星暹文藝》因我離開而另現一幅錦繡，正所謂「江山代有人才出，各領風騷數十年」。

嶺：主編副刊之外，您寫過長篇歷史小說，中篇與短篇小說，寫過社論及時勢分析，也寫散文與新詩，哪種文體是您的最愛？有哪些代表作，引起關注？

金：長篇小說、散文、新詩我都喜歡寫，但喜歡或最愛與能否寫得好則是兩回事，比如說，我一直想寫的三兩個長篇小說，都深恐心有餘而力不足，遲遲不敢動筆；我喜歡新詩，但我似乎沒有天分，到目前也只是在摸索。一般而論，我可能還是隨心所欲的寫散文比較逍遙，我最起碼的目的是要能悅己悅人。直到目前，我似乎沒有什麼堪稱代表之作，也尚乏能引起關注的作品。

嶺：兩年前，在家人支持下，您辭掉某報的主筆職務，不再寫社論；情真意切，轉向筆耕散文與新詩，從年十七，到陸留，繼續再寫本刊前主編摩南，稍後嘔心刻劃了隱居泰北的名人王門小卒（柯雨三），為泰華文壇先後受人重視和尊重的幾枝健筆；剪下矯健的身影，為泰華文史寫下極可珍貴的篇章，非常引人注目，得到不少掌聲。在新世紀，未知您可有什麼新的創作規劃？

金：辭去某報主筆職務，係為了減輕精神壓力，因自己責任心重，畢竟年事已高，應做能隨心所欲的事。放下重擔，我頓然覺得有寫不完的題材，但有個原則，我不為名不為利，絕不阿諛，不趨炎附勢。五十餘年所見所聞，可歌可泣的事寫不勝寫，然而，凡寫比較有重量的人或事，我都多方求證。我將本「有所為有所不為」的原則動筆。我不敢說有什麼創作規劃，可是心中已堆積著許多材料，一步一步來吧！實際上，我塗塗寫寫只是求紓解鄉愁；隨時與方塊字為伍，我就覺得與中華文化保持著關連；中華文化之於中國人如水之於魚，如空氣之於人，是分不開的。再說人活著必須有點用處，我既然還能動筆，就力求寫些有益於人類社會的東西，所謂有一分熱發一分光。年事既高，就須靜下心來擁抱巨大的悲苦，盡所能保護已被苦難創傷了的心靈；致力追求生命藝術的美景，盡其在我。我以為寫詩寫散文，其過程即是平衡情緒的良方，不在乎要有什麼洋洋巨著。

嶺：從來，您都以溫和謙遜的態度對人，同時情感非常豐富，不時淚盈於睫，一些朋友談到您時都讚賞您在報界數十年，簡樸誠懇，恬淡自甘，不卑不亢，一派文人風骨！可否稍稍談談您的生活哲學？

金：太情感、太耿直似乎是我的弱點，謙遜是我家歷代家訓，但我並不很溫和，我有極多拍桌子罵人的失態例子，因此之故有人說我不能做大事。談生活哲學太嚴肅也很枯燥，輕鬆的隨便談談似乎更好些。我以為：中國知識分子，多少都受到儒家（孔孟之道）的影響，一心追求「中道」，講仁義道德；為人就須有憐憫、惻隱及是非之心，要做「君子」，遠離「小人」；求精神人格的昇華，因此中國歷代文士皆「以土垣茅蓋為美德，以畫棟雕樑為深戒」。這種精神思想鑄就了我的甘於淡泊。中國知識分子同時也深受佛陀的影響，釋迦牟尼最銳利理智之哲學精華，在於指出「人生一切後患不安皆起於不足之私心。苦由貪生，人未盡勝貪慾，則其生多惱而以憂傷終」。我自小在所謂「書香世第」中長大，而我的母親吃齋念佛，因此之故除了循規蹈矩做人，方能心安理得。我對自己的過去和現在都無怨無悔，能平安過活，妻賢女孝，我大體能逍遙自在，蒼天已待我不薄。

嶺：近年來您勤於寫文章，都發表在「世報」副刊，您對它是否特別喜愛？有什麼獨到的看法？

金：前此，我曾說過，從《世界文藝》一開始，我就以看這個文藝副刊逍遣，我看文藝作品，用心於欣賞作者的聰明智慧，駕御文字的技巧，感受其情感，享受好文章才華的瀟灑以使靈魂活潑潔靜。「世報」副刊不時有名家的作品出現，而本刊主編全神貫注，從其走向及每日編排的用心即可概見，前此兩位主編的大作也都隨時可見；如老作家王平陵還在世，我們大致也還能讀到少有的細膩、精緻而富人生哲理的散文神品。我供稿「世報」副刊，實在說係受主編拉稿的誠意所動，他一直有容納百川的胸懷，登高望遠兼具謙虛博愛之心。再說，我知道這個經過數十年耕耘的園地擁有相當廣大的讀者；它是這份報紙中一個賞心悅目的花園，許多讀者係因有這個足以令精神提升、使生活愉快的園地而無法「斷奶」。

嶺：您可否為「世報」副刊的廣大讀者用最少的字句講兩句有回味、啟發人心智的話？

金：健康是真的，學問是真的，友情是真的；當然金錢也是真的。謝謝。

（二〇〇一年十月六日）

# 編後

從兩百多篇散文中挑選出四十多篇編成一個集，說容易也不容易，說難也沒有什麼難。畢竟是作者自挑自選，誕生出來的面貌是否令讀者喜歡是未知數。

感謝賴錦廷、許家訓、嶺南人及曾心等幾位先生的鼓勵，更感謝老羊兄看完全部拙文，寫了鼓勵有嘉，備極推崇的「序」。而所有拙文中，〈去請孟獲〉既非研究文章，也不能列入小說之林，只能視之為「雜文」，所以勉強收入散文選中；今後如果尚有時間精力，還想在雲南少數民族的歷史、神話及人文各種角度鑽研一下。

我自己的文章檔案太亂，又多憂心瑣瑣碎碎的事情做不週全，致應命編這麼小本書，也竟覺得無法得心應手。幸好有楊玲小姐多方協助，我始得以「舉重若輕」，否則這本散文選很可能遲遲難產。真感謝楊玲！而「活著多好」的得以誕生，引用吳佟先生的口語，乃是「太美麗了！」

# 深情感動　無法釋懷

## ——「金沙作品集」在台出版校後記

林煥彰

金沙先生是我最景仰的一位泰華資深報人、知名作家，我敬仰他的人品、文品和文學成就；他有剛直的個性、正直的人格，有愛鄉愛國的情懷，一生安於清苦；他一生從事媒體工作，擔任過泰國華文報主筆，長期撰寫社論，又從事文學創作和有關南詔等史學研究；他的文學創作，包括新詩、散文、小說；小說又含短、中、長篇及極短篇；而樣樣精彩。

金沙先生生於一九二二年雲南建水，一九四八年旅泰，去年（二〇〇九）十一月五日不幸病逝於他定居六十二年的曼谷，享年八十八歲；我相當難過，痛失一位文學與人生的導師；在守靈期間，為了由衷表達對他的景仰與不捨，熬了幾過晚上，我寫下多達十六頁的悼念文章〈擎泰華文學殿堂一根巨柱〉，心情仍難平復！

金沙先生生前有個想望，可他又向來低調、客氣，不為別人添麻煩；他的想望是，希望有一天他的著作能在台灣或中國大陸同時以正、簡字版印行；這個心願，我一直擺在心裡，直到前年秋天，我和秀威宋總經理政坤、出版部林經理世玲談起，並獲支持，而徵得他老人家同意、簽下合作出版計畫；可因為出版時程排序以及老人家身體突發狀況，竟未能讓他親眼看到這套書的出版，是最大遺憾！

現在，這套書，包括散文集《活著多好》、短篇小說集《渡》、長篇小說集《閣羅鳳》、中篇小說集《寧北妃》（含〈點蒼春寒〉）共四部，同時推出正、簡字版，除遠在曼谷的金沙先生二三小姐妮妮和飛飛參與初校外，我也逐字看完初校和二三校稿；而每看完一篇或一部，便有更多更深感觸、感嘆和感動；無論散文、短篇或長篇小說，每每看到情真情深處，無不讚嘆落淚，無法釋懷！

金沙先生的為人和文學成就，是無話可說的！他的作品集能在逝世周年前，在台灣出版，以正、簡字版紙本及電子版發行全球，做為晚輩及文學愛好者，個人感到可以向金沙先生在天之靈告慰。

二〇一〇年八月廿一日正午
於台北縣汐止研究苑

語言文學類　PG0430

# 活著多好

作　　者／金　沙
責任編輯／孫偉迪
校　　對／妮妮　飛飛　林煥彰
圖文排版／鄭佳雯
封面設計／陳佩蓉

發 行 人／宋政坤
法律顧問／毛國樑　律師
印製出版／秀威資訊科技股份有限公司
114台北市內湖區瑞光路76巷65號1樓
電話：+886-2-2796-3638　傳真：+886-2-2796-1377
http://www.showwe.com.tw
劃撥帳號／19563868　戶名：秀威資訊科技股份有限公司
讀者服務信箱：service@showwe.com.tw
展售門市／國家書店（松江門市）
104台北市中山區松江路209號1樓
電話：+886-2-2518-0207　傳真：+886-2-2518-0778
網路訂購／秀威網路書店：http://www.bodbooks.tw
國家網路書店：http://www.govbooks.com.tw
圖書經銷／紅螞蟻圖書有限公司
114台北市內湖區舊宗路二段121巷28、32號4樓
電話：+886-2-2795-3656　傳真：+886-2-2795-4100

2010年11月　BOD一版
定價：300元
版權所有　翻印必究
本書如有缺頁、破損或裝訂錯誤，請寄回更換

Copyright©2010 by Showwe Information Co., Ltd.
Printed in Taiwan
All Rights Reserved

國家圖書館出版品預行編目

活著多好 / 金沙著. -- 一版. -- 臺北市：秀威資訊科技, 2010. 11
面； 公分. --（語言文學類；PG0430）
BOD版
ISBN 978-986-221-558-6(平裝)

855 99014900

# 讀者回函卡

感謝您購買本書，為提升服務品質，請填妥以下資料，將讀者回函卡直接寄回或傳真本公司，收到您的寶貴意見後，我們會收藏記錄及檢討，謝謝！如您需要了解本公司最新出版書目、購書優惠或企劃活動，歡迎您上網查詢或下載相關資料：http:// www.showwe.com.tw

您購買的書名：____________________

出生日期：________年________月________日

學歷：□高中（含）以下　□大專　□研究所（含）以上

職業：□製造業　□金融業　□資訊業　□軍警　□傳播業　□自由業

□服務業　□公務員　□教職　□學生　□家管　□其它_____

購書地點：□網路書店　□實體書店　□書展　□郵購　□贈閱　□其他

您從何得知本書的消息？

□網路書店　□實體書店　□網路搜尋　□電子報　□書訊　□雜誌

□傳播媒體　□親友推薦　□網站推薦　□部落格　□其他__________

您對本書的評價：（請填代號　1.非常滿意　2.滿意　3.尚可　4.再改進）

封面設計____　版面編排____　內容____　文／譯筆____　價格____

讀完書後您覺得：

□很有收穫　□有收穫　□收穫不多　□沒收穫

對我們的建議：____________________

請貼
郵票

11466
台北市內湖區瑞光路 76 巷 65 號 1 樓
**秀威資訊科技股份有限公司** 收
BOD 數位出版事業部

（請沿線對折寄回，謝謝！）

姓　　名：＿＿＿＿＿＿＿＿　年齡：＿＿＿＿　性別：□女　□男

郵遞區號：□□□□□

地　　址：＿＿＿＿＿＿＿＿＿＿＿＿＿＿＿＿

聯絡電話：(日)＿＿＿＿＿＿＿＿(夜)＿＿＿＿＿＿＿＿

E-mail：＿＿＿＿＿＿＿＿＿＿＿＿＿＿＿＿